Das alte Siegel

Adalbert Stifter

Impressum

Autor: Adalbert Stifter
Umschlagkonzept: toepferschumann, Berlin

Verlag: tradition GmbH, Hamburg
ISBN: 978-3-8424-1269-9
Printed in Germany

Tucholsky Wagner Zola Scott Sydow Freud Schlegel
Turgenev Wallace Fonatne

Twain Walther von der Vogelweide Fouqué Friedrich II. von Preußen
Weber Freiligrath Frey

Fechner Fichte Weiße Rose von Fallersleben Kant Ernst Richthofen Frommel

Engels Fielding Hölderlin
Fehrs Faber Flaubert Eichendorff Tacitus Dumas

Feuerbach Maximilian I. von Habsburg Fock Eliasberg Zweig Ebner Eschenbach
Ewald Eliot Vergil

Goethe Elisabeth von Österreich London
Mendelssohn Balzac Shakespeare
Lichtenberg Rathenau Dostojewski Ganghofer
Trackl Stevenson Doyle Gjellerup
Mommsen Tolstoi Hambruch
Thoma Lenz Hanrieder Droste-Hülshoff
Dach Verne von Arnim Hägele Hauff Humboldt
Reuter Rousseau Hagen Hauptmann
Karrillon Garschin Gautier
Damaschke Defoe Hebbel Baudelaire
Descartes Hegel Kussmaul Herder
Wolfram von Eschenbach Dickens Schopenhauer
Bronner Darwin Melville Rilke George
Campe Horváth Aristoteles Grimm Jerome Bebel
Bismarck Vigny Barlach Voltaire Federer Proust
Gengenbach Heine Herodot
Storm Casanova Tersteegen Grillparzer Georgy
Chamberlain Lessing Langbein Gilm
Brentano Lafontaine Gryphius
Strachwitz Claudius Schiller Kralik Iffland Sokrates
Katharina II. von Rußland Bellamy Schilling
Gerstäcker Raabe Gibbon Tschechow
Löns Hesse Hoffmann Gogol Wilde Vulpius
Luther Heym Hofmannsthal Morgenstern Gleim
Roth Heyse Klopstock Klee Hölty Kleist Goedicke
Luxemburg Puschkin Homer Mörike
La Roche Horaz Musil
Machiavelli Kierkegaard Kraft Kraus
Navarra Aurel Musset
Nestroy Marie de France Lamprecht Kind Kirchhoff Hugo Moltke
Laotse Ipsen Liebknecht
Nietzsche Nansen Ringelnatz
Marx Lassalle Gorki Klett Leibniz
von Ossietzky May vom Stein Lawrence Irving
Petalozzi Knigge
Platon Pückler Michelangelo Kafka
Sachs Poe Liebermann Kock
de Sade Praetorius Mistral Zetkin Korolenko

Der Verlag tredition aus Hamburg veröffentlicht in der Reihe **TREDITION CLASSICS** Werke aus mehr als zwei Jahrtausenden. Diese waren zu einem Großteil vergriffen oder nur noch antiquarisch erhältlich.

Symbolfigur für **TREDITION CLASSICS** ist Johannes Gutenberg (1400 — 1468), der Erfinder des Buchdrucks mit Metalllettern und der Druckerpresse.

Mit der Buchreihe **TREDITION CLASSICS** verfolgt tredition das Ziel, tausende Klassiker der Weltliteratur verschiedener Sprachen wieder als gedruckte Bücher aufzulegen – und das weltweit!

Die Buchreihe dient zur Bewahrung der Literatur und Förderung der Kultur. Sie trägt so dazu bei, dass viele tausend Werke nicht in Vergessenheit geraten.

Text der Originalausgabe

Adalbert Stifter

Das alte Siegel

1843

1. Die Berghalde

Veit Hugo Evaristus Almot war der einzige Sohn eines uralten noch aus den Zeiten Laudons und Eugens stammenden Kriegers, der ebenfalls den Namen Veit Hugo führte, und welcher Krieger, nachdem er glücklich den Schwertern und Spießen der Türken entgangen war, zuletzt noch in bedeutend vorgerückten Jahren in die Gefangenschaft eines schönen Mädchens gerieth, welcher er nicht entging; daher er das Mädchen zur Frau nahm, dieselbe auf seinen Landsitz ins Hochgebirge führte, und mit ihr sein Söhnlein Veit Hugo erzielte. Er lebte darnach noch eine Reihe von Jahren in die Zeit hinein, so daß ihm sogar sein liebes Weiblein, obgleich es viel jünger war, als er, in die Ewigkeit vorausging, so wie ihm bereits alle Kameraden und Freunde vorausgegangen waren.

Ungleich vielen Kriegern seiner Zeit hatte er sich so viele wissenschaftliche und Staatsbildung eigen gemacht, als damals möglich war, und da er seinen Sohn selber unterrichtete und erzog, weil er meinte, daß es niemand so gut zu thun vermöchte, als er, so trug er alles, was er wußte, auf diesen über. Freilich wäre bei dem indessen vorgerückten Stande der Wissenschaften mancher Andere gewesen, der den Unterricht weit besser hätte führen können, als er; allein neben dem Unterrichte gab er seinem Sohne unversehens auch ein anderes Kleinod mit, welches ein Fremder nicht hätte geben können, nemlich sein eigenes einfältiges, metallstarkes, goldreines Männerherz, welches Hugo unsäglich liebte, und unbemerkt in sich sog, so daß er schon als Knabe etwas Eisenfestes und Altkluges an sich hatte, wie ein Obrist des vorigen Jahrhunderts, aber auch noch als Mann von zwanzig Jahren etwas so einsam Unschuldiges, wie es heut zu Tage selbst tief auf dem Lande kaum vierzehnjährige Knaben besitzen. Das Herz und seine Leidenschaften waren bei dem Vater schon entschlummert, daher blieben sie bei dem Sohne ungeweckt und ungebraucht in der Brust liegen, und er hatte von dem Vater sonst nichts geerbt, als den Tag für Tag gleichen Frohsinn und die Freude an der Welt. Von der Mutter hatte er die ungewöhnliche Schönheit des Körpers und Antlitzes bekommen, die sie einst in ihrem Leben ausgezeichnet hatte, und diese Schönheit entwickelte sich an ihm, da er empor wuchs, so daß die Blicke aller Menschen mit Wohlgefallen an dem Knaben hafteten, und daß er als Jüngling, obgleich er selbst noch nichts anderes liebte, als den Vater und die ganze Welt, doch an manchen Stellen, wohin der Himmel seines Auges leuchtete, bereits die heißeste Liebe entzündet hatte, davon er selber nie etwas wußte.

Als er auf diese Weise ein und zwanzig Jahre alt geworden war, gab ihm der Vater ein Päckchen mit Goldstücken, einen Empfehlungsbrief, mehrere gute Lehren, und sagte, daß er mit allem diesem jetzt in die Hauptstadt gehen müsse.

»Veit,« sagte er, »du hast nun von mir genug gelernt, ich weiß nichts mehr weiter. Du mußt nun in die Welt gehen und auch das Deine thun. Gieb diesen Brief da dem alten Feldobristen, auf den er lautet, er wird dir, wenn er noch lebt, an die Hand gehen; schau auf das Geld, wir haben nicht viel, aber was ein ehrlicher Mann braucht, werde ich dir immer senden; sieh zu, daß du noch etwas lernest, das dir gut thut, denn jetzt braucht man viel mehr, als ehedem, weil die Welt aufgeklärter geworden ist; dann, wenn du ausgelernt hast, mußt du auch, wie ich dir immer gesagt habe, auf der Erde etwas wirken – es sei, was es wolle, ich rede dir da nichts ein, aber gut muß es sein, und so viel, daß es einer Rede werth ist, wenn man einmal Abends bei seinem eigenen Ofenfeuer beisammen sitzt, hörst du, Veit! – Dann kannst du in dein Haus zurückkommen, es trägt schon so viel, daß davon ein strenger Mann leben kann, und sein Weib auch, und eine Handvoll Kinder auch noch und mancher Gast dazu, der zu dir übers Gebirge steigt. So – jetzt geh und lasse den gesattelten Rappen nicht zu lange warten, ich konnte das nie leiden, mein Bruder, der Franz, dein Oheim, hat es immer gethan, darum haben sie ihn auch bei Karlowitz niedergeschossen, weil er wieder zu spät aufgebrochen ist, wie sonst. Schreib' oft, Veit, wenigstens jeden Monat einmal, und vergiß mich nicht, und sei kein Narr, wenn du einmal hörst, daß ich gestorben bin.«

Nach diesen Worten stand der Knabe, der schon wußte, daß er jetzt fort ziehen werde, und bereits dazu vollkommen ausgerüstet war, auf, und ging an der Hand des Vaters, der ihn führte, aus dem Hause hinaus. Sie gingen rückwärts durch den Garten und an den Blumenbeeten entlang. Der Rappe stand am Gitter, von dem traurigen Knechte gehalten. Der alte Krieger wollte grimmig darein schauen, um sich selber zu Hülfe zu kommen; aber wie er dem

Sohne, der bisher stumm und standhaft den Schmerz nieder gekämpft hatte, die Hand gab, und nun sah, daß dessen gute, junge und unschuldige Augen plötzlich voll Wasser anliefen, so kam auch in die starren, eisengrauen Züge des alten Mannes ein so plötzliches Zucken, daß er es nicht mehr zurück halten konnte. Er sagte nur die ganz verstümmelten Worte:»dummer Hasenfuß,«und kehrte sich um, indem er heftig mit den Armen schlagend in den Garten zurück ging.

Hugo sah es nicht mehr, wie der verlassene Mann, um sich seinem Anblicke zu entziehen, in die allererste Laube hinein ging, und dort die Hände über dem Haupte zusammen schlug: sondern er ließ sich von dem Knechte den Steigbügel halten, schwang sich auf, und ritt mit fester Haltung den Berg hinab, weil er meinte, der Vater sehe ihm nach; aber als er unten angekommen war, und die Haselgesträuche ihn deckten, ließ er dem Herzen Luft, und wollte sich halb todt weinen vor ausgelassenem Schmerze. Er hörte noch das Dorfglöcklein klingen, wie es in die Frühmesse läutete, und neben ihm rauschte das grüne klare Wasser des Gebirgsbaches. Das Glöcklein klang, wie es ihm zwanzig Jahre geklungen, der Bach rauschte, wie er zwanzig Jahre gerauscht – und beide Klänge goßen erst recht das heiße Wasser in seine Augen.

»Ob es denn,«sagte er gleichsam halblaut zu sich,»in der ganzen Welt einen so lieben Ort und einen so lieben Klang geben könne, und ob ich denn nur noch einmal in meinem Leben diesen Klang wieder hören werde!«

Das Glöcklein hörte endlich auf, nur der Bach hüpfte neben ihm her, und rauschte und plauderte fort.

»Grüße mir den Vater, und das Grab der Mutter,«sagte er,»du liebes Wasser.«

Aber er bedachte nicht, daß ja die Wellen nicht zurückflossen, sondern mit ihm denselben Weg hinaus in die Länder der Menschen gingen. – –

Fuhrleute mit krachenden Wägen begegneten ihm auf der Straße, der graue Gebirgsjäger mit dem Gemsbarte ging über den Weg, Heerdenglocken klangen, der Thau glänzte auf den Bergen – Hugo ritt langsam aus einem Thale in das andere, und aus jedem derselben kam ihm ein Bächlein nach, und alle vereinten sich, und zogen als größerer Bach mit ihm des Weges weiter – der Himmel wurde immer blauer, die Sonne immer kräftiger, und das Herz des Reisenden mit. Nachmittags, als ihm die straffe Gebirgsluft schon längst die letzte Thräne von dem Auge getrocknet hatte, und seine Gedanken schon weit und breit wieder ihre Wege gingen, dauerte doch noch eine gewisse Weichheit und Sehnsucht fort, die ihm sonst fremd gewesen waren. Er suchte daher, als er seine erste Nachtherberge erreicht hatte, sogleich sein Lager, und entschlummerte todtmüde, während in seinen Ohren Heimatglocken klangen und Heimathsbäche rauschten. In der ganzen Nacht hing das Bild des abwesenden Vaters vor den zugemachten Augen.

Deßohngeachtet erwachte er am andern Morgen gestärkter und ruhiger, und jeder Tag, der da folgte, legte sein Körnlein dazu, bis er am Abende des sechsten Tages wohlgemuth und staunend in die Herrlichkeit der Hauptstadt einritt.

Hier wußte er nun nicht, was er gleich beginnen sollte. Der einzige Empfehlungsbrief, den er mit bekommen hatte, nemlich der an den alten Feldobristen, war ihm unnütz; denn der Feldobrist war schon längstens gestorben, und so war er also mit sich allein. Das erste, was er vornehmen wollte, bestand darin, daß er sich irgendwo ein Stübchen miethe, in dem er lebe, und die Dinge ansähe, wie sie hier sind, damit er erfahre, was er dann weiter zu erringen habe.

Mit dem Pferde, welches er mitgebracht hatte, war er gleich Anfangs in eine große Verlegenheit gekommen. Es war zur Zeit, als er von Hause ging, nicht mehr Sitte, zu Pferde zu reisen, sondern der Reitpferde bediente man sich nur im Heere zum Dienste, und außer demselben, vorzüglich in der Stadt, blos zu dem einen oder dem andern Spazierritte. Er war daher häufig angeschaut worden, wenn er so auf seinem Rappen die Straße dahin zog, und als er in die

Hauptstadt gekommen war, waren alle Reitpferde schöner, waren alle ganz anders gesattelt und gezäumt, als das seine, und überall wo er um ein Zimmer für sich fragte, war kein Stall, in welchen er seinen Rappen hätte thun können. Er gab daher denselben, der noch immer in dem Gasthofe, in welchem er abgestiegen war, weil er ihm von den Fuhrleuten seiner Gegend, die alle dort einkehren, empfohlen wurde, gestanden war, einem Fuhrmanne mit, der in das Thal seines Vaters zurück kehrte, und trug ihm auf, daß er den Rappen hinten an seinen Wagen anhängen, sehr gut auf ihn schauen, und ihn von dem Wirthshause des letzten Dorfes aus nach dem Hause der Gebirgshalde senden möge, wo der Vater ist. Der Fuhrmann versprach alles, und Hugo nahm Abschied von dem Thiere.

In der ersten Woche seines Aufenthaltes in der großen Stadt hatte er eine Stube gefunden, wie er sie wünschte. Sie war zum Studieren abgelegen, und ihre zwei Fenster sahen doch auf ein paar grüne Bäume, wie er sie liebte, obgleich jenseits derselben sogleich wieder Mauern anfingen, die ihm zuwider waren. In diese Stube brachte er seine Sachen, und richtete sich ein. Hier wollte er nun eine Thätigkeit anfangen, von der er wußte, daß sie seinem Vater eine große Freude machen könnte. Die Sache war so: Als sie, nemlich er und sein Vater, zu lernen angefangen hatten, und Hugo bereits schon bedeutende Fortschritte machte, brach die französische Revolution aus. Es bereiteten sich gemach die erschütternden Begebenheiten vor, die dann auf ein Vierteljahrhundert hinaus den Frieden der Welt zerstören sollten. Der alte Veit lebte gleichsam wieder jugendlich auf und ließ sich alle nur denkbaren Zeitungen auf das alte Gebirgshaus bringen. Der Knabe mußte sie ihm vorlesen, sie lebten Jahr nach Jahr diese Bewegungen durch, und als sie auf jene Zeit kamen, in welcher der fremde Eroberer unser Vaterland in Fesseln schlug, und Hugo bereits zu einem Jünglinge aufzublühen begann – da entstand in beiden derselbe Gedanke, daß nemlich eines Tages die gesammte deutsche Jugend aufstehen werde, wie ein Mann, um die deutsche Erde gänzlich zu befreien.

»Dieses Geschlecht,« sagte der alte Veit, »hat den Krieg noch nicht gesehen, es weiß also jetzt, da er da ist, nichts mit ihm anzufangen. Wenn ich nur nicht so alt wäre. Sie merken die große Schande nicht, daß sie immer geschlagen werden, und der Feind, der auch lange keinen Krieg gehabt hat, ist ebenfalls so thöricht, diese Schande immer zu mehren, und mit Worten größer zu machen, weil er sie für einen Triumph hält. Aber es kann nicht lange so dauern; wenn das Kraut fort wachsen wird, dann wird er sich über die Blume wundern, die ganz oben stehen wird. Sie muß Ingrimm heißen, diese Blume, und alle alten Sünden müssen getilgt werden, wenn es mit rechten Dingen zugehen soll. Wenn auch die Sünder selber nicht mehr leben, um auszubessern, so wird es die nachwachsende Jugend thun. – Wie wir damals mit dem alten und schon schwachen Eugenius an den Rhein rückten, unser sechzig, unser siebenzig Tausend, lauter blutjunge Bursche! – hätten sie uns damals von Seite des heiligen römischen Reiches nicht so im Stiche gelassen – der alte Eugenius hat ohnehin mit uns Wunder gewirkt. Ich glaube, wenn solche sechzig, oder siebenzig Tausend im Felde stünden, sie würden den Feind über die Gränze zurück werfen. Macht er es in seinem Uebermuthe nur immer so fort, so werden schon mehrere aufstehen, man wird nicht wissen, woher sie gekommen sind, es werden ihrer mehr, als sechzig und siebenzig Tausend sein, diese werden Thaten thun – es wird eine Zeit sein, du kannst sie noch erleben, ich schwerlich – sie werden es nicht mehr ertragen können, und der jetzt an der Zeche sitzt, der wird sehr bald und sehr fürchterlich dafür bezahlen müssen. Merke dir das, daß ich es gesagt habe, wenn es geschieht, und ich vielleicht schon im Grabe liege.«

Durch solche und ähnliche Worte entzündete er das arme Herz des Knaben, daß es sich in heimlicher und einsamer Glut abarbeitete, und dies um so mehr, da es sich von den Dingen der Wirklichkeit auch keine entfernt ähnliche Vorstellung zu machen verstand. Als nach ein paar Jahren darauf der Krieg über ganz Deutschland fluthete, obwohl man auf der Berghalde nie einen Feind gesehen hatte, und das alte Haus wie manch andere Stelle im Gebirge gleichsam als eine Insel aus der Fluth heraus ragte: faßte Hugo den Entschluß, wenn der Zeitpunkt gekommen wäre, daß sich Deutschlands Jugend gegen den Feind erhebe, auch hinaus zu gehen, und sich in die Reihe der Krieger zu stellen. Er sagte zu seinem Vater nichts von diesem Gedanken. Denn wie die andern mit den kleinen Lastern und Begierden ihres Herzens, so war Hugo verschämt mit der Schönheit des seinigen. Jede Zeile, die er lernte, jeden veralteten Handgriff, den ihm sein Vater beibrachte, berechnete er schon auf jene Zeit. Als er nun von dem Hause Abschied nahm, in die Stadt reiste und die von ihm gemiethete abgelegene Stube bezog, nahm er sich vor, in derselben alle kriegerischen Wissenschaften zu betreiben, nebstbei die Bekanntschaft von Männern aus dem Kriegerstande zu suchen, daß sie ihm an die Hand gingen, daß er sich nicht nur aus den Büchern wissenschaftlich, sondern durch Erlernung aller Handgriffe und Uebungen auch thatsächlich unterrichte – und wenn dann der Zeitpunkt der Erhebung gekommen wäre, von dem er eben so fest überzeugt war, daß er kommen müsse, wie sein Vater, würde er demselben schreiben, daß er sich seither für den Kriegerstand gebildet habe, und daß er sich nun dem Aufstande anschließe. Wenn dann die That der Befreiung, dachte er, von den vielen hunderttausend deutschen Jünglingen versucht worden, und gelungen wäre, dann wolle er nach Hause gehen, und wolle dem alten Vater alles auseinander setzen, was er gelernt habe, wie er sich vorbereitet habe, wie er eingetreten sei, was er gethan habe, – und dann wolle er ihn fragen, ob dieses der Rede werth sei, wenn man Abends einmal bei dem Ofenfeuer beisammen sitze – oder ob er noch hinaus gehen müsse, und noch etwas thun.

So wie Hugo mußten sich damals viele vereinzelte Jünglingsherzen, wenn auch nicht thatsächlich, wie er, doch durch Erwägung der Frage, die zu jener Zeit noch ein Unding schien, vorbereitet haben, weil, da gleichwohl die Lösung derselben eintrat, die Flamme nicht ein Herz nach dem andern ergriff, sondern von allen, als hätte sie schon lange darinnen geglimmt, auf einmal und mit einer einzigen Lohe empor schlug.

Seinem Entschluße gemäß, begann nun Hugo in der gemietheten Stube seine wissenschaftlichen Arbeiten. Gleich in den ersten Tagen, in denen er sehr oft herum ging und öffentliche Orte besuchte, um etwa einen Bekannten zu erwerben, wie er ihn wünschte, machte er wirklich die Bekanntschaft eines Kriegers, die ihm von großem Vortheile war; denn derselbe gab Hugo nicht nur die Werke an, nach denen er seine Bildung beginnen solle, sondern er vermittelte auch bei seinen Obern und Vorgesetzten, daß Hugo nicht nur allen kriegerischen Uebungen beiwohnen, sondern auch dieselben, wo es anging, persönlich mitmachen konnte. Hiedurch kam er in die Bekanntschaft fast aller höheren in der Hauptstadt befindlichen Krieger. Er sagte keinem von ihnen seinen eigentlichen Plan, sondern theilte nur das Allgemeine desselben mit, daß er sich nemlich zum Kriege gegen den Landesfeind vorbereite. Ob es einzelne gab, die ihn erriethen, oder ob mehrere aus ihnen schon selber an eine Entscheidung der Art dachten, wie sie erst nach mehreren Jahren wirklich eintrat, können wir nicht sagen, weil er trotz des Umganges mit diesen Männern so einsam war, als säße er beständig und ausschließlich in seinem Stübchen, daher ihm der Aufenthalt in der Hauptstadt auch nicht im Geringsten anzusehen war, als wäre er erst gestern Abends von der Gebirgshalde gekommen.

Das erkannte er gleich, daß er hier noch sehr vieles lernen müsse, und schrieb es auch dem Vater. Er schrieb ihm dazu, daß er die Kriegswissenschaften betreibe und sich auf diesem Felde auch thatsächlich übe, wenn er diese Dinge heute oder morgen etwa einmal brauchen könnte. Der Vater antwortete in einem Schreiben, daß er über das, was der Sohn treibe, kein Urtheil abgebe, daß er schon gesagt habe, er hätte Freiheit zu thun, wie er wolle, nur gut müsse es sein, und einer Abendrede werth. Was ihm sonst Veit schriebe, wie man die Kriegsdinge jetzt anders betreibe, so sehe er wohl ein, daß die Wissenschaft des Krieges fortgeschritten sei, und jetzt vieles besser ins Werk gestellt werden würde, als zu seiner Zeit, aber die Manneszucht und die Tapferkeit sei heute nicht mehr so, wie in seinen Tagen, das könne er durchaus nicht glauben.

Hugo richtete sich seine Stube zu seinen Zwecken ein. Das Vorstübchen war ganz leer, lag über dem Schwibbogen eines Thores und war daher zu den Fechtübungen sehr tauglich, die er sehr häufig mit seinem Meister, und oft auch mit einem Kameraden anstellte. In der Stube selber hingen seine Scheibengewehre, seine andern Waffen, und, wo noch Platz war, die Landkarten. Auf den vielen Tischen lagen die Bücher, die Pläne, Karten und andern Papiere. Bald, als er den Rappen nach Hause geschickt hatte, kaufte er sich ein anderes Pferd, weil ihm die Uebungen in der Reitschule auf den Pferden des Bereiters nicht genügten, sondern weil er sie auf einem edlen, kräftigen, feurigen Pferde, das ihm eigen wäre, selber machen wollte, und weil er einen Rest seiner Zeit in die Pflege eines solchen edlen Pferdes theilen wollte. Er miethete einen Stall dafür, und obwohl es sein Diener in der Obhut hatte, ging er doch täglich hin und leitete die Wartung desselben. Der früheste Morgen – denn Hugo stand schon wenige Stunden nach Mitternacht auf – war den Studien gewidmet. Seine Zeit war strenge eingetheilt, dies hatte er von dem Vater gelernt, und nur im Laufe des Vormittags und des Abends war eine Stunde oder etwas darüber zum Spazierengehen und zur Erholung bestimmt.

So lebte Hugo ein und ein halbes Jahr fort. Er dachte, er könne mit seinen Erwerbungen auf dem betretenen Felde zufrieden sein, als ein Brief kam, und ihm den Tod seines Vaters meldete. Derselbe hatte also nicht mehr erlebt, daß ihm der Sohn die Freude mache, den geliebten Gedanken, den er im hohen Alter noch mit Jugendfeuer ausdachte, aus freiem Antriebe verwirklichen zu helfen, und wenn der Sohn in die Zukunft dachte, und sich selber seine Pläne entwickelte, so war oft der Gedanke da, was der Vater dazu sagen werde, aber daß der Tod dieses Vaters eintreten könnte, das war nie in Rechnung gebracht. Hugo konnte also jetzt nichts thun, als auf der eingeschlagenen Bahn fort zu gehen, und wenn die That gethan sei, und sein Herz noch unter den Lebendigen schlage, auf das Grab des Vaters zu gehen, dort die Waffen nieder zu legen, und zu fragen, ob die That einer Abendrede werth sei – schlägt aber das Herz nicht mehr unter den Lebendigen, dann, hoffe er, würde er doch auch an einen Ort kommen, wo er dem Vater selber sagen könnte, was er gethan.

Er hatte das alte Haus geerbt mit den Erträgnissen der dazu gehörigen Felder, Wiesen und Wälder. Das Haus trug er dem noch lebenden Altknechte seines Vaters zur Verwaltung auf, bis er selber kommen werde. In der Stube hingen mehrere verrostete Waffen, die er befahl, daß man sie unberührt und unvermischt hängen lassen solle. Mit dem Briefe, der ihm den Tod des Vaters angezeigt hatte, war zugleich in einem Futerale ein altes Siegel angekommen, über das der Vater verordnet hatte, daß man es sogleich nach seinem Tode dem Sohne einhändigen solle. Er hatte zu Lebzeiten das Siegel immer bei allen seinen Briefen und bei allen andern Papieren und Urkunden, die eines Petschaftes bedurften, geführt. In dem Fache des Siegels lag ein Blättchen Papier mit der eigenen Handschrift des Vaters beschrieben. Das Feld des Siegels, dessen Stiel von kunstreicher Arbeit in Stahl war, trug mit sehr schönen klaren Buchstaben im Halbkreise herum die Worte:»#Servandus tantummodo honos#,«unterhalb des Bogens der Buchstaben war ein ganz blankes Schild, um die Reinheit der Ehre anzuzeigen. Denn die Familie Almot war nicht von Adel und hatte kein Wappen. Auf dem, dem Siegel beigelegten Papiere stand, daß ihm der Vater hier das Siegel übergebe, das man immer in der Familie geführt habe, und daß er ihm die Worte, die darauf stünden, auf das Beste empfehle; denn so lange der Sinnspruch desselben befolgt werde, ist nichts verloren, und man steht vor sich selber und den anderen gerechtfertigt und untadelich da.

»Ja,«dachte Hugo,»das will ich unabänderlich befolgen:. so lange ich lebe, soll keine Makel an mein Herz und meine Ehre kommen, es soll kein Einziger sein, der etwas Schimpfliches über mich zu sagen wüßte, und vor allen Andern soll ich selber nicht der Einzige sein, der eine geheime Schuld hätte, und sich dieselbe erzählen könnte. Ich will eine große und nützliche That thun helfen, und erst dann, wenn ich mein eigenes Gewissen befragt habe, ob es genug sei, und wenn mein eigenes Gewissen geantwortet hat: wenn der Vater lebte, würde er es einer Rede des Abends für werth halten – dann werde ich nach Hause gehen, das alte Haus in meine Obsorge nehmen, und alle die behüten, die mir untergeben sind, und ein Recht haben auf meinen Schutz und meine Verwaltung.«

Mit dem großen Schmerze in dem Herzen ging er an die Fortsetzung seiner Arbeiten und Bestrebungen. Sie zeigten ihm bald eine neue Seite. Waren sie ihm früher nur Beruf und Mittel zum Ziele gewesen, so wurden sie ihm nun eine Art Trost, gleichsam ein unsichtbares Band mit dem Verstorbenen, der auch diesem Stande angehört hat, und den Kreis dieser Dinge bald ganz, bald zum Theile gleichsam mit hinüber in die Ewigkeit gezogen hat. Er arbeitete sehr fleißig und erst jetzt setzte er seine Studien mit der wahren und rechten Begeisterung fort.

Fast zwei Jahre waren seit dem Tode des Vaters wieder verflossen. Hugo blieb in der Stadt rein und stark, wie eine Jungfrau; denn in dessen Busen ein Gott ist, der wird von den Niedrigkeiten, die die Welt hat, nicht berührt. Obwohl er nun schon im vierten Jahre in der großen Stadt war, lag ihm das Herz noch so einsam in seiner Brust, wie einst auf der Gebirgshalde – nur daß es ihn zuweilen, wenn er auf den Höhen um die große Stadt herum schweifte, wie Heimweh überkam, oder wie eine traurige Sehnsucht. Er hielt es für Thatendurst; in Wahrheit aber war es, wenn er so die Landschaft übersah, ein sanftes Anpochen seines Herzens, das da fragte:»Wo in dieser großen Weite hast du denn die Sache, die du lieben kannst?« – – Aber die Sache hatte er nicht, der Mahnung achtete er nicht, und so schleiften die Stunden hin, höchstens, daß er in solchen Augenblicken nieder saß und an seinem Tagebuche schrieb, das sonderbar genug, in lauter Briefen an den todten Vater bestand. Anders wußte sich seine Liebe nicht zu helfen; wie hold Mutterliebe sei, hatte er nie erfahren, und wie süß die andere, davon ahnete ihm noch nichts, oder, wenn man es so nimmt, die Briefe an den Vater sind mißgekannte Versuche derselben.

Zu der Zeit, von der wir reden, übrigte er sich täglich auch ein paar Stunden ab, in denen er die schönen Wissenschaften trieb und Dichter und Geschichtschreiber las. Er las aber nur lauter heidnische Alte. Er hatte einen Mann kennen gelernt, der ein inniger Freund des mit Hugo gleiche Wege gehenden Körner war, von dem ihm damals nicht ahnete, daß er ihn so bald durch den Tod verlieren würde. Dieser Mann war ein schwärmender Verehrer der Sprache der Griechen und Römer und führte Hugo in die Gebiete derselben ein und unterrichtete ihn sogar zum Theile darinnen. Hugo's feste Einfalt, die er auf der Gebirgshalde bekommen hatte, stimmte vortrefflich mit der der Alten, er pries dieselben unsäglich, und sagte: er wolle nun vorerst in dem Reiche derselben verbleiben, bis er es erschöpft und in sein Blut aufgenommen habe. Dann wolle er in das der Neueren übergehen und sehen, was denn diese auf demselben Felde hervorgebracht hätten.

2. Die Kirche von Sanct Peter

Hugo saß eines Tages, wie gewöhnlich, in seiner Stube. Es war eben zwölf Uhr. Er war von dem Spaziergange, den er gerne um zehn Uhr Vormittags machte, zurückgekehrt, und wollte die anderthalb Stunden, die noch bis zu seinem Mittagsessen übrig waren, wie er es alle Tage that, mit Rechnen verbringen. Die zwölfte Stunde war in der Stadt die, in welcher man die eingelaufenen Briefe auszutragen beginnt. An Hugo's Thür ward gepocht, der bekannte Briefträger trat ein und brachte ein Schreiben. Als der kleine Betrag dafür entrichtet war, ging er wieder fort. Hugo sah gleich, daß der Brief nicht von dem Altknechte seines Vaters sei, dem einzigen Menschen, von dem er Briefe zu empfangen pflegte. Das Schreiben war auf nicht gar feinem, nicht gar weißem Papiere, und der Umschlag trug eine nicht gar schöne Schrift. Hugo erbrach das Siegel, und las folgenden Inhalt:»Wenn ihr der junge Mann seid, der so wundersam schöne blonde Haare hat, und sie nicht gar zu kurz aber auch nicht gar zu lange auf seinen Nacken niedergehend trägt, so erfüllet einem alten Manne die Bitte, und seid morgen zwischen zehn und eilf Uhr in der Kirche von Sanct Peter.«

Der Brief hatte keine Unterschrift, und Hugo hielt ihn verblüfft in seinen Händen. Die Schrift war augenscheinlich die eines Mannes, und zwar eines alten Mannes, wie die festen, starken, aber zitternden Züge verriethen. Allein was der Mann von Hugo wollte und warum er nicht lieber gleich zu ihm in die Stube gekommen sei, war nicht zu enträthseln.

»Wer weiß, ob ich auch der Mann mit den wundersamen schönen blonden Locken bin, oder ob es nicht einen andern gibt, der noch wundersamere, schönere und blondere hat,« sagte Hugo lächelnd zu sich, und wäre bald versucht gewesen in den Spiegel zu schauen. Aber der Name, auf den der Brief lautete, war der seine. Und in der That, die Locken, die an den Seiten seiner Stirne nieder gingen, waren wundersam genug. Wenn blonde Locken kräftig sind, und den milden Metallglanz haben, so kann man sich an jungen Menschen kaum etwas schöneres denken. Hugo hatte darunter eine reine Stirne, von zwei geistvollen klaren Augenbogen geschnitten, feines starkes Wangenroth, und die Lippen frisch und kräftig, die noch von keinem Menschen dieser Erde, nicht einmal von einem Kinde geküßt worden sind. Die Augen hatte er von der Mutter, groß und blau. Sie waren so gut, daß, hätten sie sich nicht eben jetzt ins Männliche hinüber verändert, man gesagt haben würde, er hätte sie von einer edlen schönen Frau empfangen. Ueberhaupt sah er viel jünger aus, als seine Jahre waren, und er hatte von manchem aus dem Kriegerstande, die er bei seinen Uebungen kennen gelernt hatte, und die ihn gelegentlich besuchten, einigen Hohn und Scherz zu erfahren, da sie ihn spottweise nur immer den heiligen Aloisius nannten.

Eben, da er so stand, ließen sich klirrende Tritte durch sein Vorstübchen gegen sein Gemach vernehmen. Er riß den Brief, der auf dem Tische lag, an sich, verbarg ihn in der Tasche, und ward so roth, als hätte er eine Schandthat begangen. Es geschahen ein paar nachlässige Schläge an seine Thür, und ohne Umstände trat der Besuch herein. Es war eben so ein junger Mann kriegerischen Ansehens, wie wir oben von ihnen geredet haben. An den Stiefeln tönten die Sporen. Unter einem rauhen »guten Tag, Freund,« legte er den Hut hin, warf sich in den Armsessel, und begann ein Gespräch, das er über den Dienst, über lange Weile, über Theater, Mädchen und Pferde führte. Hugo hörte ihn an, und erwiederte manchmal etwas auf höfliche Weise. Als er endlich fragte, ob sich denn gar nichts neues zugetragen habe, das nur einige Abwechslung in die Zeit bringe, sagte ihm Hugo von dem Briefe nichts, sondern erwiederte, daß sich wahrscheinlich nichts zugetragen habe, was man seiner besondern Aufmerksamkeit werth halten und ihm anvertrauen möchte.

Da Hugo's Bekannte schon wußten, daß er sich in seiner gewohnten Eintheilung der Zeit nicht irre machen ließe, so trat er auch jetzt an den Tisch, und fing auf seinen großen schwarzen Schiefertafeln aus einem Buche zu rechnen an. Der Mann, der zu Besuche da war, nahm seine Pfeife heraus, rauchte, blätterte in einem Buche, und begleitete endlich Hugo aus dem Hause, da dieser den Griffel weglegte und erklärte, daß er jetzt zu seinem Mittagsessen gehen werde. An der Schwelle des Gasthauses, in dem Hugo gewöhnlich aß, trennten sie sich.

Am andern Tage, genau als die Uhr von Sanct Peter zehn schlug, trat Hugo durch das große Thor in die Kirche. Er hatte wohl flüchtig daran gedacht, daß die Bestellung etwa ein Scherz eines seiner Kameraden sein könnte; aber zum Theile stand er mit keinem so, daß dieser Scherz leicht denkbar gewesen wäre, zum andern Theile hatte er sich nichts vergeben, wenn er kam, selbst wenn ein Scherz statt gefunden haben sollte.

Es wurde am Hauptaltare in der Kirche eben eine Messe gelesen, die zu dieser Stunde angesetzt ist. An einem der Seitenaltäre trat gleichfalls ein Priester über. In Stühlen saßen allerlei Menschen herum, andere standen heraußen auf dem Pflaster, wieder andere knieten theils in den Stühlen, theils in den breiten Gängen der Kirche. Hoch oben durch die Fenster wallte ein Sonnenstrom herein, und setzte den ruhig erhabenen Raum in warmes Feuer. Hugo war vor sich selber in einiger Verlegenheit, da ihm sein Gefühl sagte, daß er heute nicht aus Andacht in die Kirche gekommen sei; aber da er entschlossen war, den Vorfall nur zum Guten zu benützen, so beruhigte er sich bald wieder. Er stellte sich in die äußerste Ecke zurück, und es war fast noch die Hälfte seines Körpers durch die Schnörkel eines hölzernen Beichtstuhles verborgen, wie sie gerne in der Tiefe katholischer Kirchen zu stehen pflegen. So stand er einige Minuten, und es war ihm als müßten sogleich alle Augen auf ihn schauen; aber nicht ein einziges that es, und kein Mensch nahm von seiner Anwesenheit besondere Kenntniß. Die Orgel ging ihren regelmäßigen Gang, und die Melodie des Kirchengesanges wallte sanft durch die Bogen. Es trat ein Kirchendiener zu ihm heran und hielt ihm den Klingelbeutel vor, er warf eine kleine Münze hinein, der Diener dankte, ging zu dem Nachbar, dann zu dem Nachbar des Nachbars, und so weiter – und alles war wieder, wie vorher. Hugo blickte nun auf mehrere Personen – aber alle waren in sich selber vertieft. In der Kirche ließ sich nicht das mindeste Zeichen verspüren, daß heute etwas anderes geschehen solle, als sonst. Wie es in großen Städten zu geschehen pflegt, traten wohl auch während des Gottesdienstes immer Menschen herein und hinaus; aber sie thaten, wie sie alle Tage thun: der eine blieb da, der andere schlug ein Kreuz, that ein kurzes Gebet und ging wieder. Oefter waren es Mädchen der dienenden Klasse, die einen kurzen Augenblick benützten. Sie setzten den Korb nieder, manche that ein leichtfertiges Gebet, manche ein brünstiges – dann nahm sie wieder ihre Last an den Arm und ging. Auch Frauen kamen – mancher ward von einem Diener das Gebetbuch nachgetragen – sie setzten sich in einen Stuhl und versenkten sich in ihre Andacht.

Indessen war die Messe aus geworden, und es kam der Segen. Die schöne Weise des Dreimal heilig mischte sich mit dem Weihrauch, der nun empor stieg, sich oben mit den Sonnenstrahlen vermälte, und von ihnen vergoldet ward. Der Priester wendete sich, segnete mit dem Allerheiligsten, und alle klopften andächtig an die Brust. Es kam noch ein kurzer Gesang, und dann war der Gottesdienst aus. An den Seitenaltären war auch kein Priester mehr, man löschte nach und nach die Kerzen, und die Menge wendete sich zum Gehen, einer nach dem andern. Viele gingen an der Seitenthür hinaus, die meisten bei dem Hauptthore, und manche mußten an Hugo vorüber, ohne ihn aber zu beachten. Nur manches schöne Weiberauge, wenn es zufällig auf seine Züge fiel, war betroffen, und ihm gab es jedesmal einen Stich in das Herz. Die Kirche entvölkerte sich endlich ganz, und nur mehr ein paar unscheinbare Personen knieten in den Stühlen, wie überhaupt in einer großen Stadt eine Kirche in keinem Augenblicke des ganzen Tages vollkommen leer zu sein pflegt. Es war so stille geworden, daß er deutlich von außen herein die drei Glockenschläge vernehmen konnte, welche ihm verkündeten, daß bereits drei Viertheile der ihm anberaumten Zeit abgeflossen seien. Hugo wußte nicht, solle er den Rest noch abwarten, oder solle er fort gehen; aber, seinem Willen getreu, wollte er bis eilf Uhr harren.

Es war so stille geworden, daß man das Rauschen der draußen fahrenden Wägen herein hören konnte.

In diesem Augenblicke vernahm Hugo neben sich Tritte, es ging ein Mann zu ihm hinzu und sagte: »Ich danke euch recht schön, Herr, daß ihr die vermessene Bitte eines alten Mannes erhört habt und gekommen seid.«

Der Mann war in der That alt, weiße Haare waren auf seinem Haupte und viele Runzeln im Angesichte. Sonst war er einfach und anständig gekleidet, und hatte weiter nichts Auffallendes an sich.

Hugo war etwas unbestimmt über sein von dem nächsten Augenblicke gebotenes Benehmen, und schaute den Alten eine kleine Zeit lang an, dann sagte er: »Ich weiß nicht, wenn ich etwa irre, so verzeiht mir – ich habe für den Fall, daß es nöthig sein sollte, eine Kleinigkeit zu mir gesteckt.« – –

»Ich bedarf kein Almosen und bin keines Almosens wegen hieher gekommen,« sagte der Alte.

Hugo wurde mit einer brennenden Röthe übergossen und sagte: »Ihr wollt also mit mir sprechen – so sprecht. Aber wäre es nicht besser gewesen, wenn wir nicht die Kirche dazu gewählt hätten – wollt ihr etwa mit mir in meine Wohnung kommen?«

Der Fremde sah Hugo an und sagte: »Ihr seid so gut, als ihr schön seid, Herr, ich habe mich in euch nicht geirrt. Aber ich bedarf auch keines Gespräches mit euch, so wie ich keines Almosens bedarf. Ihr habt mir eine große Wohlthat erwiesen, blos daß ihr gekommen seid. Ihr werdet das nicht verstehen, aber es ist doch wahr, daß ihr mir eine sehr große Wohlthat erwiesen habt. Ich kann euch jetzt gar nicht sagen, warum es so ist, und kann euch nur bitten, wenn ihr so gut sein wolltet, sofern es eure Zeit zuläßt, auch in Zukunft noch manchmal um diese Stunde hieher zu kommen.«

»Das ist seltsam, sagte Hugo, und was haben denn meine blonden Haare dabei zu thun, daß ihr eigens auf dieselben aufmerksam gemacht habt?«

»Ich habe euch nur daran erkannt, erwiederte der Mann, und sie sollten bedeuten, ob der, der über dem Schwibbogen wohnt, der nemliche sei, den ich gemeint habe. Sie sind auch sehr schön, und ich habe diese Haare immer geliebt. – Nun, Herr, sagt mir, ob ihr wohl wieder einmal kommen werdet?«

»Aber könnt ihr mir denn nicht erklären, wie das alles zusammenhängt?« fragte Hugo.

»Nein, das kann ich nicht, antwortete der Mann, und wenn ihr nicht freiwillig kommt, so muß ich schon darauf verzichten.«

»Nein, nein, ich komme schon, sagte Hugo. Wenn es wahr ist, daß ich euch durch mein bloßes Kommen eine Wohlthat erweise, warum sollte ich es nicht thun? Ich verspreche euch also, daß ich schon wieder einmal um diese Zeit hieher kommen werde.«

»Ich danke euch recht schön, Herr, ich danke euch. Ich habe mich gar nicht geirrt, ich habe gewußt, daß ihr sehr gut seid. Ich will eure Zeit nicht mehr rauben, und will mich jetzt entfernen. Lebt recht wohl, Herr, lebt wohl.«

24

»Lebt wohl,« sagte Hugo.

Der Alte verbeugte sich, wendete sich um, und ging durch das sehr nahe gelegene große Thor der Kirche hinaus. Hugo sah ihm nach und blieb dann noch eine Weile in dem Raume zurück. Die Sonnenstrahlen, die früher durch die Fenster der Kirche herein gekommen waren, waren verschwunden, nur an den Fensterstäben draußen spann es sich, wie weißglitzerndes Silber senkrecht nieder, wodurch die schwarzen Bilder und die trübe Vergoldung der Kirche noch ernster und düsterer wurden. Einzelne Menschen saßen oder knieten, wie gewöhnlich als Beter herum. Hugo wendete sich nun auch, und schritt zum Thor hinaus. Draußen ward er von der warmen Mittagsluft des Frühlings, der eben auf allen Ländern jenes Erdtheils lag, von blendender Helle und von dem Lärmen des Tages empfangen.

Seit diesem Kirchenbesuche war eine geraume Zeit vergangen, als Hugo wieder einmal zufällig in die Nähe des Gotteshauses von Sanct Peter gerieth. Es war gegen zehn Uhr, welches gerade die Zeit war, die, wie wir oben sagten, Hugo gewöhnlich zu seinem Vormittagsspaziergange verwendete. Es fiel ihm ein, daß er jetzt sein Versprechen lösen könnte. Er dachte, der Mann, der ihn so sonderbar bestellt habe, sei wahrscheinlich irrsinnig, aber, dachte er hinzu, das könne doch keinen Grund abgeben, daß man ihm sein Wort nicht halten dürfe. Wenn die Freude, Hugo in der Kirche zu sehen, eine eingebildete ist, so sind es zuletzt alle unsere Freuden auch – und wer weiß, welch' glühende, welch' schmerzliche oder süße Bilder seiner Vergangenheit gerade die blonden Haare aus seinem Innern hervor heben mögen, weil er sie so eigenthümlich in seinem Briefe bezeichnet hat.

Unter diesen Gedanken trat Hugo in die Kirche hinein. Der ruhige Orgelton und der fromme Kirchengesang wallten ihm auch heute wieder gedämpft entgegen. Da er drinnen war, war es eben auch gerade so, wie das erste Mal. Der Priester las am Hochaltare die Messe, die andächtige Menge aus allen Ständen und Altern saß zerstreut in den Stühlen herum, und sang dieselbe schöne Kirchenweise. Der Diener kam mit dem Klingelbeutel, das Dreimal heilig tönte endlich, der Weihrauch stieg, der Gottesdienst wurde aus, und wieder, wie damals, zerstreute sich die Menge. Aber der alte

Mann, den Hugo damals gesehen, und mit dem er gesprochen hatte, war heute nicht zugegen gewesen. Hugo wartete, bis die Kirchenuhr von draußen herein eilf Uhr schlug, und als er eine geraume Weile darnach den alten Mann auch noch nirgends sah, ging er wieder aus der Kirche fort, und hatte das Gefühl mit sich genommen, als hätte er eine gute That gethan. Und es war auch eine, wenn sie gleich die beabsichtigte Frucht nicht getragen hatte.

Hugo war später noch einige Male um zehn Uhr in der Kirche von Sanct Peter gewesen. Zum zweiten Male hatte er den Greis wieder gesehen. Er war auf ihn zugegangen, und hatte mit sehr viel Freude in seinen Zügen gesagt: »Ich danke euch, ich danke euch recht schön.«

Nach diesen Worten war er wieder hinweg gegangen, und hatte wahrscheinlich die Kirche verlassen.

War Hugo das erste Mal nicht gerade aus Beruf in die Kirche gegangen, um einem Gottesdienste beizuwohnen, so wirkte doch nachher die Ruhe der kirchlichen Feier auf sein Herz, und die Freundlichkeit dieses Tempels gefiel ihm so, daß er später noch mehrere Male freiwillig hin ging, und andächtig da stand, ja andächtiger, als viele andere, die zur Feier des Gottesdienstes gekommen waren. Den Greis aber hatte er nicht mehr gesehen.

Da er nach langer Zeit wieder ein paar Male hinter einander in der Kirche gewesen war, und den alten Mann nicht gesehen hatte, würde sich wahrscheinlich die Gewohnheit, gerade zu dieser Zeit in diese Kirche zu gehen, wieder verloren haben, wenn sich nicht etwas zugetragen hätte, das der Sache eine andere Gestalt gab.

Es geschah eines Tages, daß man an dem Kirchenpflaster des Hauptschiffes etwas ausbesserte, und deßhalb einen Querbalken über den Hauptgang zwischen den Stühlen gezogen hatte. Hiedurch wurde eine alte schwarz gekleidete Frau, die Hugo schon öfter bemerkt hatte, daß sie immer vorne am Platze gegen den Hochaltar kniete, verschleiert war und fast beständig die letzte, von einem graugekleideten Mädchen begleitet, die Kirche verließ, genöthigt, in dem Seitengange der Kirche fast an der Wand derselben zum Thore zurück zu gehen. Hiebei kam sie an Hugo vorüber. Sie hatte heute den Schleier nicht über das Gesicht herab gelassen, und da sie näher kam, bemerkte er, daß aus den alten und altmodisch geschnittenen schwarzen Kleidern, die sich überall ungeschickt bauschten, ein ganz junges Angesicht mit schönen großen Augen blicke. Er war betroffen und sah sie an. Sie sah ihn auch einen Augenblick an, dann zog sie den Schleier herab, und ging hinaus. Das grau gekleidete Mädchen ging hinter ihr her. Dasselbe hatte die gewöhnlichen Züge einer Magd.

Hugo blieb noch eine Weile in der Kirche stehen. Wie gewöhnlich zu dieser Zeit verlor sich oben an den Fenstern das Sonnenlicht, und die Kirche wurde viel dunkler, als sie während des ganzen Gottesdienstes gewesen war. Das Gerüste der rohen Balken, die quer zwischen den Stühlen gespannt waren, machte das Ganze noch unwirthlicher. Nach einer Zeit schleppte sich neben Hugo ein Bettler herein, und ließ sich von seinen Krüken in einen Stuhl sinken, um zu beten. Hugo reichte dem verkrüppelten Manne eine Gabe und schritt dann durch das große Thor zur Kirche hinaus.

Dies war die Ursache, daß Hugo am andern Tage wieder zur Kirche von Sanct Peter ging. Es schien ihm aber, daß der Zweck, dessentwillen er gekommen war, nicht mehr so gut sei, wie bisher; darum ging er nicht in die Kirche hinein, sondern blieb vor dem Thore stehen, und wartete, bis die schwarz verschleierte Gestalt heraus käme. Er meinte, daß er den Ort entheiligen würde, wenn er drinnen wartete; darum blieb er heraußen. Die kirchliche Feier wurde aus, die Menschen gingen Anfangs dicht, dann immer seltener heraus, und zuletzt, wie immer, kam die schwarze Gestalt in Kleidern, welche die einer uralten Frau waren. Das Haupt hüllte der Schleier ein. Das grau gekleidete Mädchen folgte, aber es trug nur ein Gebetbuch, nemlich das ihrige; die Gebieterin trug ihr eigenes selber.

Von nun an ging er jeden Tag, statt um zehn Uhr, wie er es ein paar Jahre her gehalten hatte, einen Morgenspaziergang zu thun, um diese Zeit zur Kirche von Sanct Peter, und wartete, bis die schwarz gekleidete Gestalt heraus kam. Sie kam auch jedesmal, war jedesmal genau die letzte, und wurde jedesmal von dem grau gekleideten Mädchen begleitet. Ihr Anzug war immer dasselbe altmodische Kleid, und das Haupt war mit dem Schleier verhüllt. Hugo sah sie alle Male an.

So verging eine geraume Zeit, und der Frühling neigte schon gegen den Sommer.

Ob sie ihn auch beobachtete, wußte man nicht; aber wenn sie an seiner Stelle vorüber ging, schien es, als wäre es innerhalb der schwarzen Wolke unruhig.

Bisher war er nur an dem Thore der Kirche gestanden, und wenn nach der Messe, die täglich um zehn Uhr gehalten wurde, die letzte Beterin, die schwarze Gestalt mit ihrem grauen Mädchen heraus gekommen und vorüber war, ging er wieder nach Hause zu seinen Arbeiten. – Einmal aber, da sie langsam in gerader Richtung von dem Thore weg durch das andere Volk fort ging, ging er in sehr großer Entfernung hinter ihr her. Sie wandelte auf den großen sehr belebten Platz hinaus, ging durch das bunte Gewühl, ihren Weg verfolgend, hindurch, wendete sich in die noch belebtere Gasse, in welche der Platz seitwärts mündete, ging in derselben eine Strecke fort, und bog dann in eine zwar schöne und breite, aber sehr leblose Gasse ein, in welcher viele Palläste und große Häuser stehen, die aber schon anfingen sehr entvölkert zu sein, weil ihre Bewohner bereits das Landleben suchten. Die meisten Fenster waren zu, und hinter dem Glase hingen die ruhigen grauleinenen Vorhänge herab. Fast bis gegen die Mitte dieser Gasse folgte ihr Hugo, dann aber wendete er sich um, und ging nach Hause.

So wie er an diesem Tage gethan hatte, so that er nun an jedem der kommenden. Weit hinter ihr gehend folgte er ihr, wenn sie die Kirche verlassen hatte, und sah die schwarze Gestalt durch das Gewimmel des Platzes gehen, sah sie durch einen Theil der belebten Gasse schreiten, sah sie in die einsame einbiegen, folgte ihr beinahe bis in die Hälfte derselben, wendete sich dann um, und ging nach Hause.

Eines Tages, da sie in der einsamen Gasse ging, sah er, daß ihr ein weißes Blättchen entflatterte. Es war wie ein Bildchen, derlei man gerne in Gebetbücher zu legen pflegt. Weil in der Gasse schier keine Leute gingen, so blieb das von dem nachfolgenden Mädchen nicht bemerkte Blatt liegen, bis es Hugo erreichte, der seine Schritte darnach verdoppelte. Er hob es auf. Es war wirklich ein solches Bildchen. Er ging ihr nun schneller nach, bis er sie erreichte. Dann ging er ihr vor, zog seinen Hut, und sagte:»Mir scheint, Sie haben etwas verloren.«

Bei diesen Worten reichte er ihr das Blättchen hin.

Als sich aus den weiten schwarzen Falten die junge Hand hervor arbeitete, um das Blättchen zu empfangen, sah er, daß sie zitterte. Sie sagte noch die Worte:»Ich danke.«

Dann wendete sie sich zum Fortgehen, und Hugo kehrte um. Er ging an den Häusern der vereinsamten Gasse zurück der oben beschriebenen lebhaften zu. Weit draußen rasselten die Wägen, als wären sie in großer Ferne.

Hugo ging nach Hause, und wie er in seiner Stube saß, war ihm, als sei heute der Inbegriff aller Dinge geschehen, und als sei er zu den größten Erwartungen dieses Lebens berechtigt.

Am andern Tage stand er wieder an dem Thore der Kirche von Sanct Peter. Die Messe war aus, die schwarze altfrauenhafte Gestalt ging heraus, und er sah sie an. Sie ging wieder ihres Weges, und Hugo folgte wieder von großer Ferne, und wendete wieder in der ersten Hälfte der einsamen Gasse um. So dauerte es längere Zeit.

Einmal aber nahm er sich den Muth – er ging schneller hinter ihr, ging ihr in der einsamen Gasse vor, und grüßte sie, indem er den Hut abnahm. Er sah, wie sie den Schleier ein wenig seitwärts zog und ihm dankte.

Dieses geschah nun öfter, und endlich alle Tage. Wenn Hugo in die einsame Gasse einbog, sah er deutlich, wie sie die geliebten Schritte hinter sich schallen hörte, daß sie zögere – und wenn er sie eingeholt und scheu gegrüßt hatte, so zog sie den Schleier empor, und ein sehr süßes Lächeln ging in ihrem Antlitze auf.

Eines Tages, da sie sich wieder grüßten, trat er versuchend etwas näher. Es schien ihr nicht zu mißfallen, sie verzögerte ihren Schritt, und das begleitende Mädchen blieb auch hinter ihr stehen. Er sprach einige Worte, er wußte nicht was – sie antwortete, man verstand es auch nicht: aber beide hatten sie ein neues Gut erworben, den Klang ihrer Stimmen, und dieses Gut trugen sie sich nach Hause.

Der ganze lange leere Tag war nun übrig.

Wie es das letzte Mal gewesen ist, wurde es nun alle künftigen Male. Eine verschleierte schwarzgekleidete alte Frau ging jeden Tages gegen eilf Uhr Vormittags aus der Kirche von Sanct Peter, sie ging über die belebten Plätze, sie bog in die einsame breite Straße der Palläste ein, und dort trat ein schöner Jüngling auf sie zu. Ihr Schleier legte sich zurück, und ein wunderhaft schönes Mädchenantlitz löste sich aus seinen Falten, um zu grüßen. Dann blieben sie bei einander stehen und redeten mit einander. Sie redeten von verschiedenen Dingen, meistens waren es die gewöhnlichen des Tages, von denen alle anderen Menschen auch reden. Dann grüßten sie noch einmal, und gingen auseinander.

Für Hugo war es eine neue Zeit. Ein Vorhang hatte sich entzwei gerissen, aber er sah noch nicht, was dahinter stand. Das blinde Leben hatte auf einmal ein schönes Auge aufgeschlagen – aber er verstand den Blick noch nicht.

Er arbeitete in seiner Stube. Der Tag hatte einen einzigen Augenblick: das Andere war die Vorbereitung dazu, und das Nachgefühl davon.

In dieser Zeit geschah es, daß sich dasjenige in Europa allgemach zu nähern begann, was vor wenig Jahren noch von vielen für eine Unmöglichkeit gehalten worden wäre, und woran manche Herzen doch glaubten, und sich darauf vorbereiteten. Die Anzeichen, daß ein Umschwung der Dinge bevorstehe, mehrten sich immer mehr und mehr. Die Stimmen, diese Vorboten der Thaten, änderten ihre Worte in Bezug auf das, was bisher immer gewesen ist, und wenn ein neuer Krieg, dessen Anzeichen immer deutlicher wurden, ausbrechen sollte, so war nicht zu verkennen, daß seine Natur eine ganz andere werden würde, als sie bisher immer gegenüber dem gefürchteten, allmächtigen und halb bewunderten Feinde war. Der Haß war sachte und allseitig heran geblüht, und die geschmähte Gottheit der Selbstständigkeit und des eigenen Werthes hob allgemach das starke Haupt empor. Es war damal eine große, eine ungeheure Gemüthsbewegung in der Welt, eine einzige, in der alle anderen kleineren untersanken.

Als die Tage des Sommers vorrückten, lösete sich einmal bei einer der gewöhnlichen Begegnungen Hugos Herz und Zunge. Da die schwarzgekleidete Unbekannte ihren Schleier zurück geschlagen hatte, und grüßte, da man einige der gewöhnlichen Worte geredet hatte, sagte Hugo, daß er jetzt sehr wahrscheinlich nicht mehr lange in der Stadt bleiben werde; denn wenn, wie es den Anschein gewinne, ein neuer Krieg gegen den Landesfeind erklärt werden würde, so werde er in die Reihe der Krieger gegen denselben treten, und weil sich wahrscheinlich viele tausend Jünglinge insgeheim zu diesem Ziele vorbereitet haben würden, so sei es vielleicht möglich, daß man den Feind aus den Grenzen werfen und das Vaterland für immer befreien könne. Zu dieser That habe er sein Herz und sein Leben aufgespart. Er frage sie, ob sie ihm so gut sein könne, als er ihr es sei – sie möchte sich ihm doch einmal, einmal nennen, wer sie sei – – nein das brauche er nicht – sie möchte ihm nur sagen, ob sie unabhängig sei, ob sie, wenn sie ihn einmal näher kennen gelernt haben würde, ihm folgen und sein Loos mit ihm theilen möge – er werde ihr alles darlegen, wer er sei und woher er stamme – nur die That der Vaterlandsbefreiung habe er noch mit zu thun, sie könne ja so lange nicht dauern, weil viele hundert Tausende dazu beihelfen würden – er habe einen traulichen Sitz im fernen Gebirge, dorthin würden sie dann gehen. Oder wenn sie abhängig sei, wäre es denn nicht möglich, daß er zu ihrem Vater, zu ihren Angehörigen käme, sich bei ihnen auswiese, von ihnen kennen gelernt würde, und dann um sie bäte. Sei sie aber frei und ihre eigene Herrin, wäre er denn nicht würdig, ihr Haus zu betreten? Er meine es treu und gut; so lange er lebe, sei keine Faser an ihm gegen irgend einen Menschen falsch gewesen. Sie möchte nun, da er geredet habe, auch reden.

Diese Worte hatte er eilig gesagt, und sie heftete die sanften Augen auf ihn.

Dann aber sagte sie:»Was das Schicksal will, das muß geschehen. Sucht mich eine Woche lang nicht in dieser Gasse, auch nicht vor der Kirche; ihr werdet mich anderswo sehen. Kommt über acht Tage, genau am heutigen Tage, um zehn Uhr vor das Kirchenthor, dort werdet ihr Nachricht von mir erhalten.«

Nach diesen Worten sagte sie, halb zu ihrer Begleiterin gewendet: »Dionis wird es machen.«

Dann sprach sie wieder zu Hugo:»Vergeßt nicht, was ich gesagt habe, kommt meinen Worten getreu nach, und lebt jetzt recht wohl!«

Sie wollte den Schleier umnehmen und fortgehen, aber Hugo rief: »Jetzt nicht, nur einen Augenblick noch nicht – – den Namen, nur eine Silbe des Namens!«

»Cöleste,« sagte sie leise.

»Und die Hand, daß wir uns sehen, die Hand, Cöleste!«

Und sie suchte eilig die Hand aus der Kleiderhülle, und reichte sie ihm hin. Er faßte sie, und sie hielten sich einen Augenblick.

Dann ließen sie los, sie zog den Schleier herab, er grüßte noch einmal, und beide gingen sie dann ihre verschiedenen Wege auseinander, wie sie sie bisher immer gegangen waren.

3. Das Lindenhäuschen

Es geht die Sage, daß, wenn in der Schweiz ein thauiger sonnenheller lauer Wintertag über der weichen, klafterdicken Schneehülle der Berge steht, und nun oben ein Glöckchen tönt, ein Maulthier schnauft, oder ein Bröselein fällt – sich ein zartes Flöckchen von der Schneehülle löset, und um einen Zoll tiefer rieselt. Der weiche, nasse Flaum, den es unterwegs küs

set, legt sich um dasselbe an, es wird ein Knöllchen und muß

nun tiefer nieder, als einen Zoll. Das Knöllchen hüpft einige

Handbreit weiter auf der Dachsenkung des Berges hinab. Ehe man dreimal die Augen schließen und öffnen kann, springt schon ein riesenhaftes Haupt über die Bergesstufen hinab, von unzähligen Knöllchen umhüpft, die es schleudert, und wieder zu springenden Häuptern macht. Dann schießt's in großen

Bögen. Längs der ganzen Bergwand wird es lebendig, und

dröhnt. Das Krachen, welches man sodann herauf hört, als ob viele tausend Späne zerbrochen würden, ist der zerschmetterte Wald, das leise Aechzen sind die geschobenen Felsen – dann kommt ein wehendes Sausen, dann ein dumpfer Knall und

Schlag – – dann Todtenstille – nur daß ein feiner weißer Staub in der Entfernung gegen das reine Himmelsblau empor zieht, ein kühles Lüftchen vom Thal aus gegen die Wange des Wanderers schlägt, der hoch oben auf dem Saumwege zieht, und daß das Echo einen tiefen Donner durch alle fernen Berge rollt. Dann ist es aus, die Sonne glänzt, der blaue Himmel lächelt freundlich, der Wanderer aber schlägt ein Kreuz und denkt schauernd an das Geheimniß, das jetzt tief unten in dem Thale begraben ist.

So wie die Sage das Beginnen des Schneesturzes erzählt, ist es oft mit den Anfängen eines ganzen Geschickes der Menschen.

Als Hugo der sonderbaren Bitte des alten Mannes folgte, und in die Kirche von Sanct Peter ging, als er mit dem Manne geredet hatte, und sich dann auf dem Heimwege befand, hielt er das Geschehene für das unbedeutendste Ereigniß seines Lebens, ja er hielt es für gar kein Ereigniß, und hätte gewiß nicht gedacht, daß das Ding der Anfangspunkt eines Geschickes sei, das bestimmt war, seinem Leben eine ganz andere Gestalt zu geben, als es sonst wahrscheinlich gehabt haben würde.

Jetzt, da er dachte, daß er vielleicht mit seiner Unbekannten in eine nähere Verbindung kommen würde, erkannte er schon die Wichtigkeit, die jener Zufall auf sein künftiges Leben ausüben könnte.

Die acht Tage, welche sie sich bedungen hatte, waren vorüber gegangen, und es war der Tag gekommen, an welchem er vor dem Kirchenthore harren sollte. Als die Glocke zehn Uhr schlug, stand er schon an dem Thore. Kurz darauf begannen drinnen die frommen Orgeltöne, und es mischte sich der ruhige Gesang der Kirche unter sie. Ein Glöcklein klang etwas später – es klang, wie jenes Morgenglöcklein, da er vom Vaterhause scheiden mußte. Als nach dem Ende der Messe der Gesang des Dreimal heilig anfing, erinnerte er ihn an den Gesang der Gemeinde, der an Sonntagnachmittagen gerne in der Kirche im Gebirge ertönte, zu welcher das Haus seines Vaters gehörte, und zu welcher sie immer gingen, ihre Andacht zu verrichten.

Der Gesang wurde endlich aus, und in der Kirche geschah der Segen. Aber ehe nach Beendigung des Gottesdienstes der erste Mensch aus dem Thore heraus trat, fuhr ein Wagen rasch vor dasselbe vor, und hielt. Hugo schaute hin, und sah, daß jenes grau gekleidete Mädchen, welches der schwarzen Gestalt immer aus der Kirche gefolgt war, ganz allein darinnen saß, und ihm winkte, hinzu zu kommen. Er ging zu dem Fenster des Wagens hinzu, welches von dem Mädchen herab gelassen worden war, und das Mädchen sagte ihm, daß ihn ihre Gebieterin bitten lasse, in diesen Wagen einzusteigen. Hugo that es, und als er auf dem Kissen Platz genommen hatte, fuhr der Wagen fort. Das Mädchen zog nun aus dem Beutel, den es am Arme hängen hatte, einen Brief hervor, und sagte, diesen hätte ihr ihre Gebieterin gegeben, damit sie ihm denselben einhändige, und er ihn während des Fahrens lesen möge. Hugo riß schnell das Siegel auf, entfaltete das Papier, und eine sehr schöne fließende Frauenhandschrift trat seinen Augen entgegen. Die Worte aber, welche diese Frauenhandschrift enthielt, lauteten folgender Maßen: »Ich lasse Sie recht gerne in mein Haus eintreten, wie Sie gebeten haben, so wie ich recht gerne Ihren Gruß und Ihre sanften Aufmerksamkeiten vor der Kirche und in jener Gasse angenommen habe. Aber eine Bitte muß ich thun, ehe Sie mein Haus betreten, welche Sie gewiß erfüllen werden, da Sie so sind, wie ich Sie mir gleich, da ich Sie das erste Mal sah, vorgestellt habe. Es walten über meinem Schicksale einige Schwierigkeiten, deren Herr ich nicht bin, wenigstens jetzt noch nicht bin, fragen Sie mich daher nicht, wer ich bin, woher ich gekommen sei, und in welchen Verhältnissen ich lebe. Prüfen Sie in meinen Gesprächen und in meinem Umgange meine Seele und mein Wesen, ob diese für sich genug thun oder nicht. Darnach richten Sie Ihren Entschluß für die Zukunft. Ich werde mich nicht verstellen – man könnte es auch nicht; denn wenn man auch die Seele durch die Lüge einer großen Thatsache verfälschte, so blickt sie doch aus tausend kleinen, die vor dem Beobachter vorfallen, heraus, und zeigt sich, wie sie ist. Wenn Sie mir die Freude machen, in meine Wohnung zu treten, so sehe ich das als ein Zeichen an, daß Sie meine Bitte zu erfüllen gesonnen sind. Sollten Sie aber Ihren Grundsätzen zu Folge diese Bitte nicht erfüllen können, so machen Sie mir lieber den Schmerz, daß ich Sie heute nicht, und in alle Zukunft nicht mehr sehe; denn aus Ihren Fragen würde sehr viel Kummer und sehr viele Traurigkeit hervor gehen. Dann lebe ich fort, wie ich bisher gelebt habe. Ich werde Ihnen, wenn Sie kommen, einstens schon alles enthüllen, wie es meine Pflicht und meine Verbindlichkeit ist. Ich sende Ihnen viele sehr schöne Grüße. Cöleste.«

Hugo faltete das Papier wieder zusammen, zog seine Brieftasche hervor und legte das Schreiben hinein.

Das Mädchen, welches mit ihm fuhr, beobachtete ihn eine Weile, dann sagte es:»Haben Sie den Brief gelesen?«

»Ja,« antwortete Hugo.

»Dann hat mir meine Gebieterin aufgetragen, Sie zu fragen, ob wir zu ihr fahren sollen, oder ob Sie an irgend einer andern Stelle aus diesem Wagen zu steigen wünschen.«

»Wir fahren zu ihr,« antwortete Hugo.

»Dann braucht der Kutscher keine weitere Weisung,« sagte das Mädchen,»er weiß schon, wohin er lenken soll.«

Mit diesen Worten lehnte sie sich wieder in den Wagen zurück, und die beiden Miteinanderfahrenden redeten von nun an keine Sylbe mehr zu einander.

Der Wagen rollte indessen sehr rasch dahin, und war bereits, wie Hugo bemerkte, in der Hauptstraße einer der Vorstädte, ziemlich weit von der Stadt entfernt.

Endlich schwangen sich die Pferde von der Straße ab, und fuhren durch das Thor eines Gartens hinein, wie sie in den entfernten Theilen der Vorstädte noch häufig zwischen den Häusern liegen. In dem Garten ging ein breiter langer Sandweg zurück, auf dem man die Räder nicht rollen hörte, und führte einem weißen schönen Häuschen zu, welches zu beiden Seiten und rückwärts mit großen dichten Linden umgeben war, und nur mit der Stirne über die andern niedern Gebüsche des Gartens auf die Straße der Vorstadt hinaus sah. Vor dem Thore dieses Hauses hielt der Wagen. Das Mädchen stieg aus, Hugo folgte, und der Wagen fuhr wieder davon. Das Mädchen führte nun Hugo eine kurze breite Treppe hinauf, schloß zwei Thüren auf, und geleitete ihn in die einzige Wohnung, welche das Häuschen im ersten Geschoße enthielt. Es waren vier Zimmer in der Reihe, und ihre Thüren waren durch und durch offen. Im zweiten derselben stand sie, die ihn erwartete – es schien, als hätte sie ihm entgegen gehen wollen, von hier aus aber nicht weiter den Muth gehabt – sie stand an einem marmornen Spiegeltische, der an einem Pfeiler war, und hielt sich daran mit der einen Hand. Hugo hatte sie nur immer in dem alten schwarzen Kleide gesehen, heute aber war sie leicht und mit den Kleidern der Jugend angethan: er erschrack ein wenig; denn so schön und so schlank und so groß hatte er sie nicht gedacht. Von dem grauen Seidenkleide, das sie umfloß, blickten die weißen Hände und das lichte Antlitz sanft hervor. In den dunkelbraunen Haaren, welche besonders reich waren, trug sie gar nichts; aber diese Haare waren selber ein Schmuck, sie waren unbeschreiblich rein und glänzend, und die feinen Züge, und die großen Augen sahen darunter wie ein süßer Himmel heraus. Sie war sehr roth geworden, als er eintrat.

Hugo hielt seinen Hut in der Hand, verbeugte sich vor ihr, und sagte gar nichts. Sie sprach auch nicht – und so standen sie einige Augenblicke. Dann fragte sie ihn, ob er nicht in ihr Arbeitszimmer mit ihr gehen wolle. Er ging mit ihr. In dem Zimmer stand ein Stickrahmen am Fenster, in der Ecke war ein Schreibtisch, dann waren die anderen Geräthe, die gewöhnlich in solchen Zimmern zu sein pflegen, kleine Tischchen, Schemel und dergleichen, an der Rückwand stand ein Sopha mit den dazu gehörigen Sesseln, und davor ein großer Tisch. Der Boden war mit schönen Teppichen belegt. Draußen wiegten sich die grünen Baumzweige der Linden, es spielten Sonnenstrahlen herein, daß gesprenkelter Schatten auf den Teppichen war. Sie setzte sich auf das Sopha, und lud ihn zum Niedersitzen ein. Er legte seinen Hut auf eines der Tischchen, und setzte sich auf einen Sessel vor den Tisch.

Sie sprachen nun von gewöhnlichen Dingen. Hugo sagte, daß sehr viele Menschen auf dem Wege seien, um das Freie zu gewinnen, und dort einen Theil des Tages zuzubringen, der gar so schön sei. Sie lobte die Linden, die vor ihren Fenstern standen, und sagte, daß sie an so heitern Sommertagen, wie der heutige, einen äußerst angenehmen Geruch herein duften. Wenn aber große Hitze herrsche, dann zeigen sie erst ihre Trefflichkeit, weil sie Schatten und beinahe möchte man sagen, ein kühles erquickendes Lüftchen herein senden.

Nachdem sie eine Weile so gesessen waren, stand Hugo auf, um sich zu empfehlen. Sie begleitete ihn durch die zwei Zimmer – denn das Arbeitszimmer war das dritte – und als sie in das letzte Zimmer hinaus gekommen waren, fragte er sie, ob er die Freude haben könne, sie wieder einmal besuchen zu dürfen. Sie sagte, daß er jeden dritten Tag um die vierte Nachmittagsstunde kommen dürfe, und daß sie sich freuen werde, wenn er komme; nur möchte er jetzt nicht mehr vor der Kirche oder in jener Gasse mit ihr zusammen treffen, wo er sie bisher gesehen, und auch ein paar Male mit ihr gesprochen habe. Hugo sagte, daß er ihre Worte befolgen werde, verbeugte sich und ging fort. In den Vorzimmern, welche ihm das Mädchen aufgeschlossen hatte, das er sonst immer in grauen Kleidern der Gebieterin aus der Kirche folgen gesehen hatte, saß an einer Arbeit dasselbe Mädchen, war aber heute nicht grau, sondern in die gewöhnlichen bunten Kleider ihrer Gattung gekleidet. Es stand auf, da Hugo das Zimmer betrat, und öffnete wieder die Schlösser, um ihn hinaus zu geleiten. Unten im Erdgeschoße sah Hugo neben dem Ausgangsthore ein Stübchen, dessen Thür zur oberen Hälfte aus Glas bestand. Daraus sah das Gesicht eines Thürstehers heraus, und dieser machte, da Hugo heraus ging, demselben eine Verbeugung, und lüftete den Hut. Hugo hatte beim Hereingehen auf jene Stelle nicht hin gesehen.

Draußen standen die Häuser in zwei Reihen dahin und bildeten die Straße. Staub wogte in ihnen, und die beinahe steilrecht herein fallenden Mittagsstrahlen der Sonne beschienen ihn. Die Menschen wandelten in der Straße hin und zurück, wie sie von ihren Geschäften gezogen wurden. Hugo ging nach Hause und saß in seinem Zimmer nieder. Da die Stunde schlug, in welcher er gewöhnlich zu seinem Mittagessen zu gehen pflegte, stand er auf, und ging in das Gasthaus, wie er es bisher alle Tage gethan hatte. Nachmittag saß er bei seinen Arbeiten und am Abende ging er auf den Anhöhen um die Stadt spazieren, wie er bisher auch immer gethan hatte.

Als die drei Tage vorüber waren, ging er am letzten derselben, da eben die vierte Nachmittagsstunde schlug, in der wohlbekannten Vorstadtstraße dahin. Er kam zu dem Garten, und das weiße Häuschen schimmerte ihm aus den Linden, wie ein schönes Geheimniß entgegen. Er öffnete das Gartengitter, das heute eingeklinkt, nicht wie damals, wie er hereinfuhr, geöffnet war, that es hinter sich zu und ging den bekannten Sandweg entlang. Der Garten hatte nur Grasplätze und Zierbäume, keine Blumen oder Obst tragende Bäume oder Gesträuche. In dem Stübchen unter dem Thorwege sah er denselben Thürsteher aus dem obern Theile der Glasthür heraus sehen. Er war ein schon sehr betagter Mann. Hugo ging die Treppe hinan, klingelte an der äußern Thür der Wohnung, und dasselbe Mädchen, welches sonst immer da war, öffnete ihm auch heute, und geleitete ihn zu der Gebieterin hinein. Diese war ihm bis in das äußerste Zimmer entgegen gekommen, und führte ihn dann, wie das erste Mal, in ihr Arbeitsgemach zurück. Sie war heute wieder nicht in ihr Schwarz, in dem er sie kennen gelernt hatte, gekleidet, sondern, wie das erste Mal mit grauer Seide, war sie heute mit dunkelgrüner angethan. Jedes der Kleider war sehr einfach, aber sehr edel gehalten. Im Stoffe reich, spannten sie um die Hüften, und flossen dann in ruhigen Falten hinab. So wie das vorige Mal hatte sie auch heute gar keinen Schmuck an sich, nicht einmal einen Ring an einem Finger – das Kleid schloß an dem Halse, dann war das Haupt mit den gescheitelten braunen Haaren, und den glanzvollen großen Augen, mit denen sie ihn ansah, als er hereingetreten war. Hugo war nun in dem Zimmer – heute hatte er schon mehr Macht gehabt, die andern Zimmer, durch die er gekommen war, zu betrachten. Sie waren ohne Prunk, fast möchte man sagen, zu dünne, aber sehr vornehm eingerichtet. Er legte seinen Hut ab, und setzte sich auf denselben Sessel, wie das erste Mal. Sie saß in den Kissen des Sophas, und sah auf ihn hin. Sie fragte ihn, ob er, seit sie sich nicht gesehen haben, immer wohl gewesen sei, und ob er ihrer gedacht habe. Er antwortete, daß er wohl sei, und daß er nicht nur ihrer gedacht, sondern daß er fast sonst nichts gedacht habe, als sie. Sie war bei seinem Eintreten wie das erste Mal erröthet, und bei diesen Worten erröthete sie noch mehr.

Sie hatte ihn das vorige Mal gar nicht um seinen Namen oder etwa um andere Verhältnisse gefragt, sie that es auch heute nicht. Er aber erzählte ihr freiwillig, daß er ein fernes Haus auf sehr schöner grüner Halde habe, um die hohe Berge mit ehrwürdigen Häuptern stehen – er erzählte ihr von seiner Jugend, die er so vereinsamt verlebt habe, und in der er so glücklich gewesen sei, er erzählte ihr von seinem Vater, der ihn unterrichtet und mehr geliebt habe, als er verdiente, er erzählte ihr von dem Abschiede von diesem Vater, von dem Tode desselben, und von dem Schmerze, dem er sich über diesen Tod hingegeben habe. Von der Mutter könne er ihr wenig erzählen, er habe sie kaum gekannt, aber der Vater habe öfter von ihr gesagt, wie sie gut gewesen, und wie sie für sein Glück viel zu frühe gestorben sei – aus diesen Reden habe er sie auch lieben gelernt, und sei manchmal, nicht blos mit dem Vater, sondern auch allein zu dem Hügel Erde hin gegangen, unter dem ihre Glieder ruhten. Er erzählte ihr dann ferner, wie er in diese Stadt gekommen sei, wie er sich hier eingerichtet habe, womit er sich beschäftige, und was seine Absichten für die Zukunft seien. Von der Veranlassung, durch die er sie kennen gelernt, so wie überhaupt von dem, was darauf gefolgt ist, sagte er kein Wort.

Sie hörte ihm aufmerksam zu, hatte die Augen auf seine redenden Lippen geheftet, und in dem Angesichte war etwas, wie Rührung, oder beinahe, wie Wehmuth gezeichnet. Sie sagte ihm, sie könne ihn aus ihrem Herzen versichern, daß sie eben so einsam, vielleicht noch viel einsamer auf dieser Erde sei, als er. Sie habe bisher niemanden gehabt, der eine anhängende Neigung gegen sie bewiesen habe, außer Dienstboten, die ihr gut gewesen seien, ihm war ein Vater zur Seite gestanden, an den, wenn er ihn auch verloren habe, er sich erinnern könne. Sie habe nie jemanden gehabt. Jetzt kenne sie nur ihn. Sie habe ihn beim ersten Sehen gleich als gut erkannt, und als verschieden von allen andern. Und wie sie bemerkt habe, daß er auf sie schaue – und wie er vor der Kirchenthür gestanden sei, und wie sie erkannt habe, daß er nur darum da stehe, daß er einen Blick auf sie thun könne, so sei die außerordentlichste Freude in ihr Herz gekommen. Sie habe schwere, schwere Schicksale erlitten.

Beim Abschiede bat sie Hugo, sie möchte ihm ihre Hand reichen. Sie hatte schon damals, als er ihr in der einsamen Gasse das verlorne Blättchen darreichte, keine Handschuhe gehabt, später, da sie ihm aus dem schwarzen Aermel hervor zum ersten Male die Hand gab, hatte sie auch keine, und eben so hatte sie die beiden Male keine, da er sie besuchte. Sie reichte ihm die Hand, und wie er dieselbe in seine beiden faßte, herzlich drückte, und zum Kusse an seine Lippen führte, rannen reichliche Thränen über ihre Wangen herab.

Wie das erste Mal führte ihn das Mädchen durch die Vorzimmer hinaus, er ging die Treppe hinab, sah den alten Thürsteher, ging über den Sandweg des Gartens hinvor, und schritt durch das Eisengitter auf die Straße hinaus. Der Gegensatz des Alltäglichen mit dem, was er so eben erlebt hatte, drängte sich ihm auch heute auf. Sie war wieder sehr schön gewesen, und in dem schlanken zarten dunkelgrünen seidenen Kleide, das die kleinen Fältchen auf dem Busen hatte, sehr edel. Es war ihm, wie ein Räthsel, daß sich die Pracht dieser Glieder aus der unheimlichen Kleiderwolke gelöset habe, und daß sie vielleicht sein werden könne.

Er kam, wie es verabredet worden war, am dritten Tage nach diesem Besuche wieder. Es war, wie die beiden Male. Das Eisengitter war eingeklinkt, er öffnete es, ging über den Sandweg, sah den Pförtner sitzen, ging über die Treppe empor, fand das gewöhnliche Mädchen in den Vorzimmern, trat von diesen in die Wohnung ein, und fand dort sie. Sie empfing ihn jedes Mal, wie zu Anfangs, mit derselben Befangenheit. Ihre Kleider, wie sie auch wechselten, waren immer sehr rein, sehr schön und sehr einfach. Vorzüglich liebte sie Seide. Jedes Kleid schloß sich am Halse. Dann war, wie wir oben sagten, das Haupt mit den großen glänzenden Augen. Ihr Sinn für Reinheit erstreckte sich auch auf den Körper; denn das Haar, das sie einfach geordnet als einzige Zierde um das Antlitz trug, war so gänzlich rein gehalten, wie man es sehr selten finden wird. Auch die Hände und das Stückchen Arm, das etwa sichtbar wurde, waren rein und klar. Sie trug nie Handschuhe, an keinem Finger einen Ring, an dem schönen Arme, der sich, wenn die Aermel weit waren, am Knöchel zeigte, kein Armband, und auf dem ganzen Körper kein Stückchen Schmuck. Unter dem langen Schoße des Kleides, wie sie häufig die vornehmeren Stände haben, sah die Spitze eines sehr kleinen Fußes hervor.

Sie saßen, wenn Hugo kam, beisammen und sprachen. Sie lernten sich immer mehr kennen – und sie, die auf der Gasse eigentlich schon viel bekannter gewesen waren, waren im Zimmer viel schüchterner, viel fremder, und mußten das Geschäft gegenseitigen Erkennens beginnen. Wenn er fort ging, standen sie wohl im zweiten Zimmer, wo er sie zum ersten Male hier gesehen hatte, und wo der Marmortisch ist, eine Weile bei einander stille, hielten sich an den Händen, und wünschten sich dann eine recht freundliche gute Nacht.

Sie sprachen von verschiedenen Ereignissen des Tages. Am liebsten fragte sie ihn, was er in der Zeit, als sie ihn nicht gesehen, gethan habe. Er erzählte ihr mit der Unbefangenheit, die die Natur seines Wandels ihm eingab, wie er gelebt habe, wohin er gegangen sei, und was er in seiner Stube an seinen Arbeiten vollbracht habe. Sie horchte ihm bei diesen Schilderungen recht gerne, weil er vielleicht bei ihnen am reinsten und klarsten erschien. Einmal sagte sie ihm, sie habe ihn auf seinem Pferde gesehen, wie er durch die Stadt gegen das Freie hinaus geritten sei. Er erröthete heftig bei dieser Eröffnung; denn obwohl er sie in der Kirche und in jener einsamen Gasse gesehen, und auch gesprochen hatte, hatte er dieses fast vergessen, und konnte sich sie nur in dem Lindenhäuschen, nicht in der Stadt vorstellen, wie sie etwa gehe, oder fahre. Wenn sie so von seinen Arbeiten oder, wie man sie besser nennt, von seinen Vorübungen sprachen, geriethen sie nicht selten auf die Begebenheiten, die eben in jener Zeit vorfielen. Sie fragte ihn um seine Meinung, er setzte sie auseinander, und sie stimmten immer in ihren Ansichten überein. Vorzüglich hegte sie den Glauben und den Wunsch, daß die deutschen Waffen einmal sich vereinen, sich mit andern verstärken, schnell den Sieg und die Entscheidung erringen, und den goldenen sehnlich erwarteten Frieden herbei bringen möchten. Er sagte dann, daß er nicht blos den Wunsch habe, sondern, daß das ein Ereigniß sei, welches ganz gewiß eintreten müsse, daher er seine Lebensrichtung auf dasselbe allein genommen habe. Was sie sonst über die Dinge der Welt und der Menschen, über die Natur und ihre Schönheit sprachen, lautete bei beiden gleich oder ähnlich.

Obwohl er, seinem Versprechen getreu, nie um ihre Verhältnisse fragen zu wollen, sich auch die Frage nicht erlaubte, ob er denn nicht öfter, als nur jeden dritten Tag kommen dürfe, weil er diese

Frage für eine verlarvte andere hielt, die das Wesen ihrer Verhältnisse berührte: so konnte er es sich doch nicht versagen, als sie wieder einmal Abschied nehmend bei einander standen, sich an den
Händen hielten und sie ihn bat:»Kommen Sie doch nach drei Tagen
wieder« – die Worte auszusprechen, daß es ihm eine sehr große
Freude, ein Glück sein würde, wenn er nicht blos in drei Tagen,
sondern öfter, ja täglich ihr Angesicht sehen und ihre Worte hören
könnte.

»So kommen Sie alle Tage,« sagte sie mit eben so sichtlicher Freude, mit der er es anhörte,»ach, es ist ja mir auch ein Glück, daß ich Sie sehe und Ihre Worte höre. Aber kommen Sie täglich erst um vier Uhr, richten Sie Ihre Beschäftigungen so ein, wenn es nämlich geht, daß es sein kann.«

»Es kann sein,« sagte Hugo,»ich komme gerne, recht gerne.«

Und er kam nun täglich. So wie der vierte Glockenschlag Nachmittags von den Thürmen fiel, ging er in der Straße der Vorstadt, öffnete das Gitter, und das weiße Häuschen schaute freundlich grüßend aus den dunklen Linden herüber.

Ihr Umgang wurde immer inniger und traulicher.

Was sich ihre Angesichter versprochen hatten, da sie sich noch vor der Kirche und dann in jener einsamen breiten Gasse angeschaut hatten, das war in Erfüllung gegangen. Aus beiden Herzen brach die Liebe hervor. Sie sagten es einander unverholen, waren freudig, als wenn eine Last von ihnen genommen wäre, und waren selig in diesem Gefühle und in seinen kleinen unbedeutenden Aeußerungen.

Es breitete sich von nun an eine heitere Freude, ein inneres Glück über sie aus, und beide folgten recht gerne dem sanften Zuge dieser Tage.

Dennoch war es zuweilen, wenn Hugo fröhlich von seiner Zukunft sprach, und offen sein unbefangenes Herz hinlegte, daß sie traurig wurde, daß sie wehmüthig drein sah, und mehr als ein Mal von ihm mit Thränen in den Augen angetroffen wurde. Er schrieb dieses der Unklarheit ihres Verhältnisses zu, und forschte nicht. Sie hatte alles, was sich nur immer in seinem Leben zugetragen hatte, von ihm erfahren, er aber wußte von ihr nichts. In solchen Tagen gab er ihr nur treuere innigere Beweise seiner Liebe, wodurch sie gewöhnlich nur noch mehr erschüttert wurde.

Er hielt auch sein Versprechen, daß er nie um ihre Schicksale fragen wolle, getreulich. Er entließ kein Wort und keine Anspielung auf diese Dinge. Er hätte wohl irgendwo in der Stadt fragen können, wem das Häuschen gehöre, das in dieser und jener Vorstadt in dem Garten, wo die vielen Linden sind, stehe, er hätte dann den Eigenthümer aufsuchen und ihn fragen können, wer das weibliche Wesen sei, das sein Haus bewohne, oder wenigstens in welchen Verhältnissen sie hier stehe – er hätte durch ihre Leute oder andere hinter die Sache zu kommen suchen können, sie hat ihn in jenem Briefe nicht gebeten, es nicht zu thun; sie hat es ihm nicht zugetraut, und darum that er es auch nicht. So wie es nicht in ihrem Karakter lag, auf diesen Fall zu denken, so lag es nicht in dem seinen, ihn zu benützen, wenn er auch darauf dachte. Unter seinen Bekannten sagte er auch keinem einzigen etwas von seinen Besuchen in dem weißen Häuschen, er erfuhr daher von dieser Seite ebenfalls nichts, und so war er an dein letzten Tage, nachdem er schon bedeutend lange zu ihr gekommen war, über ihre äußeren Verhältnisse eben so unwissend, wie er es an dem ersten Tage gewesen war.

Aber ihre inneren kannte er besser. Wie sie es einstens versprochen hatte, so geschah es. Ihre Seele lag in den vielen Gesprächen, die sie hielten, ohne Rückhalt und meistens unwillkürlich vor ihm – und diese Seele war seinem Sinne ganz recht. Er kam sehr gerne zu ihr, ward sehr gerne empfangen und blieb täglich länger. Beide wurden sie nach und nach immer seliger gegen einander gezogen. Sie neigte ihr süßes Angesicht zu ihm, und es zitterte Freude darin, so wie Freude in ihm zitterte. Wenn er durch die zarte Seide ihre Glieder fühlte, die er sich sonst kaum anzusehen getraut hatte, so floß es wie ein Wunder durch sein Leben.

Er fragte jetzt, da sie in dieser Lage mit einander waren, nicht, wie einstens in der einsamen Gasse, ob sie seine Gattin werden wolle, weil er seines Versprechens eingedenk war, und weil er dachte, sie werde schon einmal alles, alles enthüllen, wie sie es ja versprochen habe.

Das Einzige, was sie äußerte, bestand darin, daß sie schon ein paar Male gesagt hatte, er dürfe sie nie, unter gar keiner Bedingung verlassen, worauf er immer geantwortet hatte, was ihr denn beikomme, das werde nie, nie geschehen. Solches sei ihm fremder, als sich nur immer Feuer und Wasser fliehen können.

Einmal, da sie wieder, während große Zärtlichkeit in ihrem Angesichte schimmerte, dasselbe verlangt hatte, sagte er: »Eine Bedingung gibt es doch.«

»Welche?« fragte sie.

»Diese kann ja nie eintreten,« sagte er gütig.

»Ich möchte sie doch wissen,« fragte sie.

»Wenn ich Untreue erführe,« antwortete er.

»Nein, diese wird nicht eintreten,« sagte sie. – –

Oft, wie die Zeit so dahin floß, war es Hugo, als müsse nun ein Gutes, Frommes, Seliges kommen – – aber es kam nicht. Ein trauriges Herz Cölestens lag oft vor seiner Seele, und eine Unheimlichkeit dauerte fort, obgleich sie ihm mit ihrem ganzen Wesen ergeben war, und er ihr ganzes Wesen in sein tiefstes Herz aufgenommen hatte. Auch andere Dinge fing er an zu bemerken. Wenn ihn in der Nacht die Unstätigkeit trieb, und er an ihrem Hause vorüberging, sah er nie ein Licht in den Fenstern. Wenn er sie besuchte, sah er, daß in ihrer Wohnung immer alles auf dem alten Platze liege, und daß die Stickerei am Rahmen nicht vorrücke. Oft war eine Luft in den Zimmern, nicht wie die der Wohnlichkeit, sondern wie in verschlossenen Räumen. Wenn er im Laufe des Tages, etwa Vormittags, da er nicht arbeiten konnte, vorbei ging oder ritt, sah er nie Rauch aus dem Schornsteine steigen, so wie er sich nicht erinnern konnte, je Küchenfeuer gesehen oder bemerkt zu haben. Daß er immer nur das Mädchen, welches sonst in grauer Kleidung der Gebieterin aus der Kirche gefolgt war, und im Stübchen unter dem Thorwege nur den alten Mann gesehen habe, war ihm schon früher aufgefallen, allein er dachte damals, die andern Leute und die andern zur Häuslichkeit gehörenden Räume werden schon in einem andern Theile der Wohnung sein. Jetzt fiel ihm dieses wieder ein.

Eines Abends, da er zu lange geblieben war, und spät in der Nacht unter einem gewitterzerrissenen Himmel nach Hause ging – schrie es in ihm auf: »Das ist die Liebe nicht, das ist nicht ihr reiner, goldner, seliger Strahl, wie er immer vorgeschwebt, daß er aus einem Engelsherzen brechen werde, und das andere verklären – – nein – nein, das ist er nicht.«

Er hörte in einem der nächtlichen Häuser einen Finken schlagen. Das Thier mußte eingesperrt, vielleicht geblendet sein, und daher die Nacht, weil es sehr stille und gewitterwarm war, nicht kennen. Hugo mußte bei diesen Tönen an das alte Haus auf der Bergeshalde denken, wo diese Vögel am Glanze des Tages freudig auf freien Bäumen geschlagen hatten – und vor dem alten Hause mußte er sich den grauen unschuldigen Vater stehend denken. – Er ging schneller in den Gassen, daß seine Tritte hallten. Obwohl es schon tief im Herbste war, so richtete sich doch ein seltsam verspätetes Gewitter am Himmel zusammen. Seine stillen schwarzen Wolken hingen so tief, daß sie sich fast in die Thürme der Stadt drückten. In den Häusern waren keine Lichter, kein Wanderer ging, und von den Uhren der Kirchen fielen einzelne Glockenschläge, die die Stunde schlugen.

Als Hugo nach Hause gekommen war, saß er an dem Tische nieder und ein Strom von Thränen floß aus seinen Augen.

Viele Wochen waren bis jetzt vergangen gewesen, seit denen er täglich das außerordentlich schöne Weib in dem weißen Häuschen besucht hatte, das ihm unschuldig, treu, willenlos, wie ein liebliches Kind hingegeben war. An dem Tage aber, als das Gewitter in der Nacht seinen Regen über die Stadt geschüttet hatte, und nun eine kühle reinliche Luft an dem Himmel stand, ging er zum ersten Male nicht zu ihr, obgleich sie ihn erwarten mußte.

Am zweiten und dritten Tage ging er auch nicht.

Am vierten, da die gewöhnliche Stunde schlug, ging er doch gegen das Gitterthor zu. Es war, wie sonst, nur eingeklinkt, er ging hindurch, ging über den Sandweg, und kam zu dem Hause. Aber der erste Blick zeigte ihm, daß alles geändert sei. Das Hausthor war gewöhnlich geschlossen, und nur ein in dasselbe geschnittener kleinerer Flügel war zum Oeffnen gewesen – heute stand das ganze Thor offen. Die Fenster des Stübchens, in welchem immer der Thürsteher gesessen war, standen ebenfalls offen, und das Stübchen war leer. Hugo ging nun über die Treppe hinauf, die Flügel der Thüren in die Vorzimmer waren offen, und durch die, die in die Wohnung führten, kam er leicht hindurch, weil sie dem ersten Drucke nachgaben – aber in den Vorzimmern war keine Dienerin, noch irgend ein Geräthe gewesen – und die Wohnung stand leer. Auf der Treppe hatte er Staub und Kehricht gefunden, durch die Zimmer, in denen er jetzt stand, wehte die Luft des Himmels; denn die Fenster waren offen, und die Wände, an denen sonst die Geräthe, der Marmortisch, der Spiegel und anderes gewesen waren, standen nackt. – Hugo meinte, er müsse sich einen Augenblick die Augen zuhalten, bis dieses Blendwerk vorüber sei. Aber es dauerte fort, und die Wohnung sah ihn immer mit derselben Unwirthlichkeit an. Er ging durch alle Räume, er sah jetzt auch die Küche und die anderen zum Hauswesen gehörenden Fächer. Aber die Küche war leer, der Herd kalt, und in den Fächern standen kaum einige der gewöhnlichen Gestelle. Er lief nun die Treppe hinab, um in dem Erdgeschoße nachzusehen: aber hier war es auch wie oben. In dem ganzen leeren Hause war nicht ein einziger Mensch. Hugo ging nun in den Garten. Auf den Wegen lag das von dem Winde des letzten Gewitters herabgeschüttelte sich schon herbstlich färbende Laub, und daneben standen die bereits gelb und röthlich schillernden Gesträuche – aber es war auch im Garten kein einziger Mensch. – Hugo blieb nun nichts übrig, als auf dem breiten bekannten Sandwege, in welchem er heute Räderspuren sah, zurück zu gehen, und durch das Eisengitter hindurch das Freie zu suchen.

Er that es auch und fragte noch in mehreren Nebenhäusern rechts und links, ob sie nichts von dem Sachverhalte des weißen Häuschens wüßten. Allein sie wußten nichts. Nur den Namen und die Wohnung des Eigenthümers des Häuschens konnten sie ihm angeben. Er gedachte nun wohl seines Versprechens, nicht nach den Verhältnissen Cölestens forschen zu wollen, aber unter den gegebenen Umständen hielt er Forschen für erlaubt, ja vielleicht für geboten, da er ihr selber durch sein Ausbleiben den Weg der Eröffnung abgeschnitten hatte. Er nahm sofort einen Wagen, fuhr zu dem Eigenthümer des Häuschens, und legte ihm Fragen über das weibliche Wesen vor, das in seinem Hause gewohnt habe.

Der Mann sagte, er wisse wohl, daß eine Dame sein Gartenhaus bewohnt habe, aber gestern seien von dem Haushofmeister derselben, den man Dionis genannt habe, die Geräthschaften fortgebracht worden. Heute habe er die Fenster und Thüren öffnen lassen, damit die Wohnung auslüfte, dann denke er sie wieder zu vermiethen. Sonst wisse er nichts, Dionis habe gestern den Rest der Miethe bezahlt.

»Seit wann ist das Häuschen an die Dame vermiethet gewesen?«
fragte Hugo.

»Seit dem Frühlinge« antwortete der Eigenthümer.

Hugo fuhr nach diesen Erkundigungen nach Hause, und verbrachte den Rest des Tages in seiner Stube. Am andern Morgen um zehn Uhr ging er in die Kirche von Sanct Peter. Aber die schwarze Gestalt kniete nicht, wie gewöhnlich, an dem Altare. Die Messe wurde aus, alle gingen fort – sie war nicht da gewesen. Den nächsten Tag ging er wieder in die Kirche, er wartete nach der Messe in der einsamen breiten Gasse – aber er sah sie nicht. Dies that er nun mehrere Wochen hindurch, ohne seinen Zweck zu erreichen. Er war unterdessen auch wieder einmal in dem Garten gewesen, in welchem das Lindenhäuschen stand – aber es wohnten jetzt bereits fremde Leute darinnen. Unter allen seinen Bekannten und unter andern Leuten forschte er herum, allein er hatte sein Geheimniß so gut bewahrt, und von der andern Seite war es so gut bewahrt worden, daß niemand auch nicht die entfernteste Ahnung von der Bedeutung des Häuschens hatte.

Hugo meinte, es könne gar nicht anders möglich sein, er müsse das schöne, geliebte, durch so lange Zeit her täglich geschaute Angesicht irgend wo sehen!

Aber er sah es nicht.

Nachdem schon das Forschen Monate gedauert hatte, nachdem schon der Winter seine Flocken und seine Eisdecke auf die Stadt herab geworfen hatte, gab er seine Bemühungen auf. Er saß in seinem Zimmer, und hielt das schöne müde Haupt in seinen beiden Händen.

4. Das Eichenschloß

Wie ein warmer Tag des Herbstes die ganze Haide mit den unsichtbaren Fäden des Nachsommers überspinnt, der Morgen nach der Nacht aber, die ihre Thauperlen darauf fallen ließ, das ganze Gewebe weithin sichtbar macht, grau, feucht, blitzend, über alle Gräser gespannt: so hatte sich ein Schleier gewoben durch das ganze deutsche Land, an jedem Jünglingsherzen war ein Faden angeknüpft – und längs dieses Fadens lief die Begeisterung. Wohl ahneten und wußten einzelne Herzen um den Schleier, aber es fehlte nur noch die Sonne, die da aufgehen, das Geschmeide plötzlich darlegen, und allen weithin sichtbar machen sollte, daß es da sei – gleichsam ein Kleinod für das Vaterland, und ein verderbliches Todtenhemd für den Feind. Das Morgengrauen für diese Sonne war gekommen, man hatte nicht gewußt wie – und die Sonne stand endlich auch da, man hatte sie nicht aufgehen gesehen. Es kam eine sehr ernste Zeit. Alle Gefühle und Bestrebungen, die sonst gegolten hatten, waren jetzt klein und nichtsbedeutend. Je mehr die entschlossenen Herzen Opfer bringen, hier Vater und Mutter, dort Weib und Kind, oder Schwester und Braut verlassen und von sich ablösen mußten, desto ernster und heiliger wurde die Zeit – und desto ernster und heiliger wurden auch die Herzen. Eines derselben schlug auch in Lust und Bangigkeit in Hugo's Brust dem Augenblicke entgegen – in Lust und Bangigkeit – aber nicht mehr so rein. In trüber Trunkenheit war es befangen, und er hatte einst geglaubt, daß er den Tag ganz anders empfangen werde, als er ihn empfing. Wohl wurde auch ihm sein Kummer, den er in dem Gemüthe trug, gegenüber von den Ereignissen, die sich vor ihm aufrichteten, klein und fast kindisch, aber ganz tilgen konnte er ihn nicht, und in völliger ungetrübter Freude und Entschlossenheit seinem Ziele entgegen gehen konnte er nicht. Wohl war ihm die Nothwendigkeit der Thaten wie ein helfender Gott gekommen, und hatte ihn auf seine Füsse gestellt, aber einen Rest von seiner Vergangenheit und von seinen Schmerzen nahm er doch in die Thaten mit.

Es war endlich der Krieg ausgebrochen, und wie sich bald zeigte, er war einer des Volkes, nicht blos der Mächte, und so wie Hugo, hatten viele gefühlt und traten freiwillig gegen den Feind auf. Er ließ eines Morgens durch seinen Diener, der ein Soldat in mittleren Jahren war, alle nicht unmittelbar nothwendigen Sachen in einen Koffer packen, und übergab den Koffer einem Freunde zur Aufbewahrung. Das Andere, insbesonders Bücher und Karten wurden in einen Mantelsack geschnallt, die Pferde wurden gesattelt und gezäumt, die kleineren Waffen, Pistolen und dergleichen, was leicht unterzubringen war, mit genommen, und so ritten die zwei Männer aus der Stadt hinaus, in welcher Hugo jetzt so lange gewesen war, um den nächsten Platz zu gewinnen, an dem sie sich dem handelnden Heere zur Verfügung stellen konnten.

Es liegt nicht in unserem Zwecke, die einzelnen Thaten, die Hugo nun verrichtete, zu verfolgen, oder gar die Kriegsereignisse jener Zeiten zu beschreiben, sondern wir beschränken uns darauf, die fernere Entwicklung seines Lebens anzudeuten, und dann das zu erzählen, was mit dem, was wir oben geschildert haben, wieder in wesentlicheren Zusammenhang tritt.

Was von Hugo's Vater und von vielen Andern vorausgesehen worden war, ist eingetroffen. Es hatte sich lange her vorbereitet. Gegen den einen Mann, der Europa's leuchtendster Kriegsstern, und dessen größte Geißel geworden war, hatte sich nun fast dieses ganze Europa erhoben – und Hugo stand mit dem glühenden Hasse gegen alles Unrecht, der ihm eigen war, unter der Zahl seiner Feinde.

Es waren große Schlachten vorgefallen, es waren Wunder des wechselnden Glückes geschehen – es hatten sich jene Großthaten ereignet, die das menschliche Herz zerreissen, und es waren düstere Schattenseiten des menschlichen Geschlechtes vorüber gegangen. Hugo hatte oft mitten in dem einen und dem andern geschwebt. Dinge von ganz anderer Art und Wesenheit, als er je gedacht und geahnet, waren über sein Herz gegangen. Hatte er gleich nicht jene großen Thaten zu thun vermocht, welche ihm einst seine Kindeseinbildung vorgefabelt hatte, so war er doch ein wirksam Körnlein von dem Gebirge gewesen, das den Mann, der zu stark und gefürchtet geworden war, endlich erdrückte. Hatte sein Vater ein

Recht gehabt, seine Waffen als Zeichen der Ehre in der alten Halle aufzubewahren, so hatte der Sohn ein noch größeres. Denn er hatte mehr gethan, und war bei größeren Ereignissen ein wirkender Theil. Waren die Kriege durch Vervollständigung der Mittel leichter zu führen geworden, so ist ihr Kreis doch wieder durch den Geist des letzten Meisters so erweitert worden, daß der alte Vater, wenn er noch gelebt hätte, bei den Erzählungen Hugos gestaunt haben würde, wie man denn dieses oder jenes habe ausführen können, ohne in das Aeußerste zu gerathen.

Unter den schweren Entwicklungen jener Zeit war Hugo ein Mann geworden – und jenes finstere Blatt Weltgeschichte, das damals abgehandelt wurde, hatte sein Herz gestählt, daß es jetzt in verhältnißmäßig viel jüngern Jahren fester, ernster und kälter gemacht worden war, als das des greisen Kriegers gewesen ist, der ihm als Lehrer und zu allen Zeiten als Muster gedient hatte. Sein einst so schönes, gutmüthiges Angesicht hatte einen leisen Zug von Härte bekommen, und sein Auge war strenge geworden. Aber dennoch wurde sein hartes Antlitz und sein strenges Auge von den Untergebenen fast abgöttisch geliebt, weil er immer gerecht war, und von seinen Obern und seines Gleichen hochgeachtet und gefürchtet, weil er immer auf Ehre hielt.

So waren die Jahre, die zu Hugos Thaten bestimmt gewesen waren, vorüber gegangen, die große Begebenheit jener Zeiten war aus, der Feind war besiegt, Europa hatte den Frieden, und unsere Heere waren auf dem Rückzuge aus Frankreich begriffen. Hugo hatte nun kein anderes Ziel mehr vor Augen, als, wenn der deutsche Boden erreicht, und die Heere in ihre alten Standpunkte eingerückt wären, den Dienst zu verlassen, in das alte Haus auf der Berghalde zurück zu kehren, dort sein Eigenthum zu bewirthschaften, und die zu beschützen und zu belehren, die ihm dort als Angehörige anvertraut waren. Sich zu vermälen, war er nicht gesonnen; theils hatte er in den Kriegslagern und in den stettigen Bewegungen jener Jahre nicht Zeit gehabt, irgend ein Mädchen kennen zu lernen, um sie zu wählen, theils hatte er eine gewisse Abneigung gegen das weibliche Geschlecht. Er war auf dem Rückwege aus Frankreich, und sein Diener, derselbe Soldat, den er in den Krieg mitgenommen hatte, war beschäftigt, die Sammlung alter und schöner Waffen, die Hugo auf seinen Zügen erworben hatte, in Ordnung zu bringen, um sie ohne Schaden und Verlust in die Heimat zu schaffen.

In einer kleinen Stadt Frankreichs, deren Namen wir nicht näher anzugeben vermögen, aber sie liegt schon sehr nahe an unserer deutschen Grenze, war es einmal im späten Herbste, daß Hugo mit mehreren Kriegsleuten höheren Ranges auf dem Balkone eines Hauses stand, in dem man ihnen ein unaufrichtiges Fest gegeben hatte. Sie standen, wie es nach einem Mahle gebräuchlich ist, müssig, und ergötzten sich mit Herumschauen und Sprechen. Da fuhr unten ein Wagen vorbei, dessen schöne braune Pferde bewundert wurden. Hugo aber sah in dem Wagen jenen Greis sitzen, der ihn einstens in die Kirche von Sanct Peter zu gehen gebeten hatte. Er hatte den Mann längst vergessen gehabt, aber wie er ihn hier fahren sah, erkannte er ihn augenblicklich wieder. Er fragte die Umstehenden und mehrere aus dem Hause, wem der Wagen gehöre, und wer der Mann sei, der darinnen gesessen ist. Die einen wußten es nicht, und die andern hatten keinen Wagen vorbei fahren gesehen.

Hugo achtete nicht weiter darauf; denn im Kriege war er an ganz andere und wunderlichere Zufälle gewöhnt worden, als daß er einem Dinge Bedeutung zugeschrieben hätte, das ihn nur in seiner Jugend angelockt hatte, eben weil er jung war.

Als man von dem Gespräche auf dem Balkone auseinander gegangen war, wo man noch die Nachricht empfangen hatte, daß in drei Tagen eine erwartete Abtheilung eintreffen und man dann vereint den Marsch weiter fortsetzen werde – und als Hugo hierauf in seine Wohnung zurückgekehrt war, fand er dort einen Diener mit einem Briefe auf sich warten. Der Mensch sagte, er müsse eine Antwort mit sich fort nehmen. Hugo öffnete das Blatt und erkannte die Schriftzüge Cölestens. Sie war zwar nicht unterschrieben, aber in den Worten: »wenn er noch an ein Häuschen denke, um welches viele Linden gestanden seien« erkannte er sie, wenn er auch an der Schrift noch gezweifelt hätte. Das Blatt enthielt die Bitte, er möchte, sobald es ihm möglich sei, zu dem Schreiber dieser Zeilen auf das Schloß Pre zu Besuch kommen, wenn es auch nur kurz sei, er werde sehnlich erwartet.

Hugo schrieb auf ein Blatt, er werde morgen um drei Uhr Nachmittags, wo ihn der Dienst entlasse, von hier nach Schloß Pre hinüber reiten. Er siegelte das Blatt und gab es dem Diener.

Obgleich im tieferen Frankreich in der Abtheilung, bei der Hugo stand, schon zwei Mal der Fall vorgekommen war, daß deutsche Krieger auf unbegreifliche Weise verschwunden waren, weßhalb jedes einsame Ausgehen oder Ausreiten verboten war: so ritt er doch, da es drei Uhr des andern Tages Nachmittags schlug, zum Thore des Städtchens hinaus. Er kannte Furcht als Beweggrund nicht. Er ritt sogar ganz allein, und hatte auch vorher niemanden gesagt, wohin er sich begebe, damit er den Ruf des weiblichen Wesens, von dem er den Brief habe, nicht gefährde.

Außer dem Städtchen dehnte sich eine ziemlich breite Haide, über welche er sprengte, was nur sein Rappe auszugreifen vermochte. Hierauf kam er über die sanfte Wölbung eines baumlosen Rückens, jenseits dessen man ihm Schloß Pre bezeichnet hatte. Die Gegend war sehr öde, und weit und breit war kein Haus. Als er die Schneide des Rückens erreicht hatte, sah er in eine schöne Thalwiese hinab, auf welcher viele Eichen standen und unter ihnen das Schloß. Es war ein wenig düster, und mit veralteter schwerer Baupracht der Lehenszeiten blickte es auf die öde Landschaft hinaus. Hugo ließ sein Pferd den Abhang hinab gehen, und kam an dem Schlosse an.

Unter einem leichten Schauer der Erwartung ritt er durch das schwarze Thor ein, das hinter ihm das Gitter fallen ließ, weil man sich noch immer vor streifendem Gesindel fürchtete. Er dachte, da er an dem Mauerwerke des Hofes empor schaute, ob nicht hinter jenen Fenstern oben eben so ein Herz poche, wie hier unten das seine. Derselbe Diener, der ihm den Brief gebracht hatte, nahm ihm das Pferd ab, zwei andere rissen die Thüren auf, dahinter erwartete ihn ein feingekleideter Mann, der ihn die schönen Treppen hinauf geleitete, durch prachtvolle Gemächer führte, und endlich auf eine Thür wies, durch die er eintreten möge.

Er trat ein. Ein leichtes »Ach« entglitt unwillkührlich seinen Lippen; denn es waren die vier Zimmer des Lindenhäuschens, in denen er sich befand – sie waren bis in die kleinste Kleinigkeit dieselben, nur daß statt der Linden ungeheure Eichen vor den Fenstern standen. Er ging durch das erste Zimmer – er ging durch das zweite – – im dritten stand eine Frau in grauer Seidenkleidung an dem Marmortische des Spiegels wie einst – sie war etwas stärker geworden – bei dem Geräusche seiner Tritte wendete sie sich – sie war todtenblaß – ein Schrei – »Hugo!« »Cöleste!« – und sie lagen sich in den Armen – alles war dahin: das ganze eherne Rad des Krieges war von seinem Herzen, und lange, lange Jahre von dem ihren. Die reinste, wärmste, süßeste Flamme des Kusses wurde gefühlt, der holde Druck des Armes wurde empfunden, wie sie die ihren um seinen Nacken, er die seinen um den ihrigen geschlungen hatte. Es war zuerst gar kein Laut – dann ein Stammeln, ein leises Seufzen zur Erleichterung der Freudenlast – Herz an Herz, Mund an Mund, so gepreßt, als sollten sie nie mehr von einander lassen. In diesem Augenblicke fühlte Hugo, daß er lange, lange nicht gelebt habe.

Da sie sich sanft seinem Arme entwandt, rief sie in dem schönen klingenden Deutsch, das sie sonst immer geredet hatte:»Hugo, Hugo, wo bist du gewesen – drei ganze lange Tage bist du nicht gekommen – dann hab' ich dich eilf Jahre – eilf völlige Jahre nicht gesehen! Ich habe dich gesucht, fast durch unsern ganzen Welttheil habe ich dich gesucht, mitten in Kriegen und Schlachten habe ich dich gesucht, und hier, hier, wo alles, was du rund umher erblicken kannst, mein und dein ist, hier mußte ich dich finden. Dionis, der dich heimlich von Paris her begleitete, schrieb mir erst vor fünf Tagen, daß ihr in unser Städtchen kommen und hier einige Zeit verweilen werdet. Ich habe den gestrigen Tag, da ihr Morgens kamt, kaum erwarten können.«

Mit diesen Worten führte sie ihn zu dem Sopha, über dem er ein altes Bild, einen Ritter in wallenden blonden Locken darstellend, hängen sah.

»Blicke nicht hinauf, sagte sie, ich werde dir alles sagen. O du theurer, du heiß geliebter Mann! alles, alles hat sich gelöset. Komme, sitze neben mir, wie einst – – o Hugo, ich bin jetzt gut; seit jene Last von mir genommen ist, bin ich so fromm, wie einstens du. – – Aber du hast dich geändert, unterbrach sie sich, du bist so ernst geworden.«

Und sie sah ihn, da sie sich niedergesetzt hatten, mit den Augen so gut und so treu an, wie sie es sonst fast nie gethan hatte.

»Bin ich ernster geworden, sagte er, so sind auch harte Jahre an mir vorüber gegangen. Cöleste, sei gegrüßt, sei viele tausend Male gegrüßt!«

Bei diesen Worten hatte er zuerst ihre Hände gefaßt, und dann drückten sie sich wieder in die Arme. Hugo that es etwas zurückhaltender und mit noch feinerer Hochachtung, als sonst. Diese Scheu zierte den Mann nun unendlich schöner, als sie einstens den Jüngling geziert hatte.

Mit sehr weicher Stimme sagte Cöleste:»Ich bitte dich Hugo, jetzt höre mich an, ich kann es gar nicht erwarten, daß du alles wissest, was du einst so großmüthig nicht gefragt hast – jetzt darf ich alles sagen – – aber du wirst nicht viel Zeit haben.«

»Morgen um fünf Uhr beginnt mein Dienst wieder, von dem ich mich noch nicht verabschiedet habe,« antwortete Hugo.

»Ich gebe dir Leute mit, sagte Cöleste, die dich beschützen, wenn du in der Nacht in das Städtchen zurückreiten mußt. Ach in dieser Novemberzeit wird es ja kaum später, als in einer Stunde schon Nacht werden.«

»Ich beschütze mich selber, antwortete Hugo, lasse diese Dinge mich machen, Cöleste, und verkümmere uns mit ihnen nicht die Minute des Beisammenseins.«

»So höre Hugo, aber ich bitte dich, höre mich bis zu Ende, sage nichts, kein Wort, bis alles aus ist, dann rede. Ich bin aus einem, wie sie hier sagen, vornehmen Hause Lothringens. Meine Muttersprache war deutsch; aber nur sie kannte ich, nicht Vater und Mutter, beide waren gestorben, ehe ich denken konnte. Mit fünfzehn Jahren befahl mein Vormund, daß ich vermählt würde, da sich eine Gelegenheit ergäbe, daß ein großes Vermögen zusammen käme und ein glänzendes Haus entstünde. Mein zukünftiger Gatte war fünfzig Jahre alt, und ich, die damals gar nicht wußte, was Liebe und Ehe sei, gehorchte dem Vormunde. – Hugo, höre mich ruhig. – Das glänzende Haus entstand aber nicht. Schon am ersten Tage unserer Ehe, weil damals in Frankreich eben die schweren traurigen Zeiten waren, mußte er sich flüchten, und ich wurde später zu ihm über eure Grenze geliefert. Seine Güter und auch die meinigen waren in den Händen seiner Gegner. Er war über diese Dinge sehr erbittert. Die große Summe, die er gerettet und mit sich genommen hatte, däuchte ihm nichts, und sein Groll wuchs täglich. Er verachtete seine Gegner unglaublich, und war der Meinung, daß eine Herrschaft dieser Art nur kurz dauern könne, und die alte Ordnung der Dinge sich wieder herstellen werde. Darum sagte er oft, wenn ihn seine Lage peinigte: »Das alles muß wieder kommen!« – Aber über eines war er trostlos und verzweifelnd: ich blieb nemlich kinderlos – – ach, Hugo, dasselbe Weib, das dein Entzücken und deine Wonne war, mußte körperliche Mißhandlung dulden. – – Ich lag oft auf den Knieen vor der gebenedeiten Jungfrau, ich, ein wehrloses unschuldiges Opfer, das nie etwas anderes gekannt hatte, als die Mauern meines Erziehungshauses und die starren Mienen meines Gatten, ich lag auf den Knieen, und bat um die Erfüllung seines Wunsches – umsonst – da that ich das Gelübde, meine Schönheit, auf die ich sonst so eitel gewesen war, zu vertilgen; ich versprach der heiligen Jungfrau, daß ich täglich in den Kleidern einer Matrone, und mit dichtem herabgelassenem Schleier zu Fuße in die Messe gehen und vor dem Altare knieen wolle, bis kein Mensch mehr in der Kirche sei, damit der Himmel den Fluch von mir nehme. – Das that ich mehrere Jahre – allein der Fluch wurde nicht von mir genommen. Mein Gatte wurde immer härter – ach, Hugo, als ich dein großes schönes Herz kennen lernte, wußte ich erst, welch' ein Tyrann er gewesen war – aber früher litt ich alles, weil ich nicht anders wußte, als daß er mein Gemahl sei, und daß ich ihm gehorsamen müsse. Er wurde krank, langsam fiel er dem Grabe entgegen – und seine Ungeduld und sein Grimm wuchsen immer mehr. Zwei Dinge waren es, die vorzüglich an seinem Herzen fraßen: zuerst, daß in Frankreich die alte Ordnung immer nicht zurückkehren wollte – und zweitens, daß er mich aufs Tiefste verachtete.«

»In jener Zeit geschah es, daß er eines Entwurfes willen, in den er sich eingelassen hatte, heimlich nach Frankreich reisen mußte. Er schnürte seine Sachen, bestieg den Wagen, und ließ mich in eurer Stadt zurück. Damals trat nun der Versucher an mich.« – –

»Ach Hugo, ich will dir alles, alles sagen – aber an dem, was Dionis vorschlug, war ich so wahrhaftig unschuldig, so wahrhaftig es eine ewige Seligkeit im Himmel gibt. – Dionis war der Haushofmeister meines Vaters gewesen, er wurde nach dem Tode desselben der meinige, und war mein Rathgeber und Freund. Wenn ich sagen sollte, daß er mir bis dahin je das geringste Unrecht vorgeschlagen habe, würde es eine Lüge sein: aber der inbrünstige Haß gegen meinen Gatten, und die große Liebe gegen mich mußten den alten Mann verblendet haben. Da ich durch die Entfernung meines Gemahls allein in seiner Obhut zurück gelassen war, erzählte er mir eines Tages eine Geschichte von einer Frau, die an einen harten greisen Mann geschmiedet gewesen war, und vieles Unglück erduldet habe. Da sei ihr ein schöner Jüngling erschienen, sie habe schöne Kinder gehabt, und habe das künftige Wohl des Hauses gegründet. Viel später sagte er einmal, daß er einen jungen blonden Mann kenne – weil mein Gatte auch blond war – der so schön und so unschuldig sei; wenn mich dieser einmal erblickte, so würde er gewiß in heißer innerster Liebe gegen mich entbrennen. – Da er aber sah, daß ich die Rede nicht verstand, und befremdet war, schwieg er von da an stille, und ich bemerkte, daß er sich nun von mir zurück zog. – – O Hugo! seine Worte mochten eine Vorbedeutung gewesen sein.«

Dem zuhörenden Manne öffneten sich seine innern Augen, er sah auf das erzählende Weib, unterbrach es aber nicht.

Sie fuhr fort:»Wenige Wochen nach diesem Gespräche, das ich doch nicht ganz vergessen konnte, sah ich dich! Ich habe an jenem Morgen ernstlich geglaubt, daß niemand mehr in dem Gotteshause sei, und ging mit gehobenem Schleier, weil es unter demselben schwül war, gegen die Pforte zurück – da standest du im hintern Theile des Chores – wir sahen uns – ich bemerkte gleich, daß du mich anblicktest, und ließ den Schleier über das Gesicht fallen. – Damals dachte ich mir innerlich oft, wie süß, wie unendlich süß die Liebe sein müsse, und wie lohnend für alles Weh der Erde. Dann sah ich dein Annähern – – Hugo, ich habe in jener Gasse nicht absichtlich das Blatt fallen gelassen, daß du mir es bringest – oft hat mich der Gedanke gequält, daß du dieses glauben könntest – – aber, da du es brachtest, war mir die Handlung hold – – und es ist im Ernste wahr, wenn du grüßtest, schwindelten mir die Häuser der Straße vor dem Blicke. Als du mit mir endlich in der einsamen Gasse geredet hattest, entdeckte ich mich außer meinem Mädchen, das längst mein Inneres kannte, noch Dionis, und fragte ihn um Rath. Der alte Mann zeigte viele Freude, er miethete das Gartenhäuschen, er borgte Geräthe und richtete es ein. Ich wohnte nicht dort, Hugo; jeden Vormittag ging ich meinem Gelübde nach in die Kirche, aber es war nicht mehr die von Sanct Peter, in der du mich zum ersten Male gesehen hast, sondern eine andere; im Nachmittage war ich in dem Häuschen, und du warst bei mir. Mein Herz, das mir so viel versprochen hatte, belog mich nicht. Ach! – warum mußtest du denn mehrere Tage nicht kommen?! In der Nacht des dritten, an dem ich dich nicht gesehen hatte, mußte ich fort. Mein Gatte war in Genf todtkrank geworden, er sandte einen Freund, mich augenblicklich zu holen; dieser kam in der Nacht, wechselte die Pferde, ließ mir so viel Zeit, daß das Nöthigste gepackt wurde, und nahm mich fort. Ich konnte blos auswirken, daß mir Dionis erst am nächsten Tage folgen dürfe, damit er dir alles sage, und damit er mit dem Eigenthümer des Häuschens ins Reine käme. Das Letzte that er, aber ach, das erste nicht, damit du nicht etwa auf die Spur kämest, wer ich wäre. Wenn sich die Sache wie immer wendete, sagte er, da er mich eingeholt hatte, so kämen wir entweder bald in deine Stadt zurück, oder könnten dir auf eine geschickte Weise Nachricht geben. Der alte Mann fürchtete in der schwebenden Lage für meine Erbschaft. Die Sache wendete sich auch bald. Ich kam nach Genf, mein Gatte starb, und machte mich zur Erbin seines und meines Vermögens. Ich weinte bitterlich an seinem Grabe; denn er war ein sehr armer, armer Mann gewesen. – Als sich meine Lebensgeister wieder gesammelt hatten, richtete ich sogleich alles in Ordnung, und wollte wieder zurück reisen. Allein es war indessen der Krieg ausgebrochen, und hatte sich beinahe mit den Flügeln des Windes über alle Länder ausgebreitet. Ich konnte nicht durch. Mit vieler Mühe und nach langer Zeit verschaffte ich mir Pässe aller Art – die Reise war sehr langsam, da oft keine Pferde waren, oft die Leute sie verläugneten. – – Endlich kam ich an, aber du warst fort. Wie ich dachte, hattest du dich in die Reihe der Krieger gestellt. – Nun forschten wir Jahr nach Jahr, wir wußten nicht, bei welcher Macht, und in welcher Abtheilung du stündest – – die Kriege wälzten sich hierhin und dorthin – – Hugo, viele lange Jahre haben wir geforscht – endlich fanden wir dich – – du bist da.« – –

Das Weib hatte das Letzte fast mit Angst gesagt, und dann hauchte sie beinahe nur noch die Worte hinzu:»Nun, Hugo, rede.«

»Wie sieht denn Dionis aus?« fragte er.

»Es ist ein sehr alter hagerer Mann mit weißen Haaren und blauen Augen,« antwortete sie.

»Ein wenig vorgebeugt?«

»Ein wenig vorgebeugt.«

»Traue ihm nicht mehr,« sagte Hugo,»er war falsch gegen uns beide.«

»Lasse jetzt Dionis, antwortete sie, und rede« – –

Aber er redete nicht, seine Augen waren zu Boden geheftet – sie schwieg auch und wartete.

Endlich sagte er:»Heißest du auch wirklich Cöleste?«

»Ja, ich heiße Cöleste,« antwortete sie.

»Siehe, Cöleste, das hast du nicht gut gemacht, nicht gegen deinen Gatten und gegen mich. Ich kann dir nicht mehr trauen.«

»O meine Ahnung, kreischte das Weib, indem sie ihr Angesicht in die Kissen des Sophas verbarg, – eilf Jahre habe ich ihn gefürchtet, diesen Augenblick.«

Eine Zeit lang hielt sie die Glut des Antlitzes gegen die bergenden Kissen gedrückt. Dann hob sie das Haupt wieder, um in seine Züge zu schauen. Er war aufgestanden, sein Angesicht war entfärbt, aber sie konnte nicht erkennen, was in ihm vorgehe.

»Hugo, Hugo,« rief sie, »blicke nicht so,« – und halb knieend flehte sie zu ihm: »Lerne mich nun auch als rein kennen, ich bin es – ich werde es sein – o rechtfertige mich vor mir, und lerne mich kennen, daß ich gut bin.« – –

Hugo wurde noch blässer, und sagte: »Ich habe gedacht, ein anderes Leben führen zu wollen, als der Gatte einer Witwe zu sein, von dem sie sagen, daß er schon vor dem Tode ihres Mannes mit ihr im Einverständnisse gewesen sei.«

»Sie werden es nicht sagen, Hugo,« antwortete sie, »denn kein Mensch weiß es.«

»Ich selber würde es sagen,« erwiederte er.

»Du wirst es nicht sagen: denn du bist unschuldig,« antwortete sie; »weißt du? du hattest nie eine Ahnung, daß du jemand andern liebest, als ein Mädchen.«

»Dann bist du desto schuldiger,« sagte er. »Siehe, Cöleste, hättest du mir gesagt, daß du ein vermähltes Weib bist – ich wäre dir ferne gestanden, ich hätte nie eine andere geliebt, und wenn der Himmel unsere Verbindung möglich gemacht hätte, ohne daß wir schuldig waren, wären wir sie frei eingegangen vor Gott und der Welt.«

»Ich hatte Angst, dich zu verlieren,« sagte sie schüchtern. – – »Wenn du verziehest.«

»Das verstehst du nicht, Cöleste,« antwortete er. »Ich verzeihe dir von Herzen, und beklage uns. Wärest du die niedrigste Magd, wärest du die Tochter einer Stalldirne: auf diesen Händen trüg' ich dich – – aber wie könnte ich jetzt vor mir stehen, der ich nie mit Wissen ein Unrecht an mir litt, wie könnt' ich vor den andern stehen, die mich scheuten und verehrten, und die mir nie die kleinste Mackel sagen durften?!«

»Also könntest du der sogenannten Ehre das warme, ewige, klare Leben opfern?« fragte sie.

Hugo antwortete nicht, sondern er preßte die Hände an einander, und in dem ganzen Baue seines Körpers war eine Erschütterung, wie wenn Thränen ausbrechen sollten.

Sie sah ihn einige Augenblicke mit den großen Augen an – dann aber sagte sie sehr ernst: »Ich habe dich nicht umsonst gefürchtet –

gehe – möge dir Gott im Himmel diese harte Tugend lohnen, aber mein Herz verflucht sie: denn es wird gebrochen. – Ja, ich war eine Sünderin, aber die Sünde wurde mir nicht leicht; du hast nur ihre holde Frucht gesehen, ihre Kämpfe trug ich allein. Meine Sünde ist menschlicher, als deine Tugend – geh' – so lange die Erde steht, wurde niemand abgöttischer geliebt, als du. – – Nun gehe, Mann, gehe!«

»Wir sind beide zu erregt,« sagte Hugo, »wir sehen uns wieder, und ich werde dir die Sache auseinander setzen.«

»Setze nichts mehr auseinander, sagte sie, es ist ja deutlich. Gehe nur.«

Und wie Hugo in Verwirrung sich gegen die Stelle hin wendete, wo sein kriegerischer Hut lag, trat über die Thürschwelle ein Kind, ein wundervoll blond gelocktes Mädchen herein, und rief mit kindlich klarer Stimme: »Mutter!« – Aber wie sie diese in Aufregung sah, und den fremden Mann vor ihr stehen, schwieg sie betroffen. Cöleste warf sich, als wäre jetzt erst der fürchterlichste Schlag gefallen, plötzlich mit einem lauten und ausschweifenden Schluchzen in die Kissen des Sophas, als müßte ihr das Herz zerstoßen werden. – Hugo betrachtete das Kind einen Augenblick, dann ging er auf dasselbe zu, und legte unter unendlichen Thränen, die aus seinen Augen flossen, den Arm um den dichten, seidenweichen Lockenwald desselben, beugte sich, und küßte es heftig auf den Scheitel.

Das erschreckte Kind hatte es gelitten – auf dem Sopha hatte das Weinen aufgehört, Cöleste hatte das Haupt empor gehoben, und lauschte hin; aber wie er den Arm von des Kindes Locken lösete, seinen Hut nahm, und sanft hinaus ging – da fiel sie mit dem verzweiflungsvollen Schrei zurück: »Er kennt sie nicht, er kennt sie nicht.«

Hugo hatte kein Wort mehr gesagt, kein einziges; es ist unbekannt, ob er nicht konnte, oder ob er nicht wollte. Unten ließ er sich sein Pferd vorführen, bestieg es, und ritt zu dem Thore hinaus. Es war bereits schon dunkel geworden, und ein harter Novemberwind ging durch seine noch immer schönen blonden Locken, die sein ganzes Schicksal eingeleitet hatten. Als er auf die Anhöhe gekommen war, von der aus man das Schloß erblickt, und hinter welcher die Haide anfängt, hielt er ein wenig stille – die Thränen, welche während der Besteigung des Pferdes und während dem Anfange des Rittes versiegt waren, Rossen wieder, und er sagte gleichsam laut zu sich:»Wo in dieser weiten, in dieser großen Welt mag das herrliche, das reine Herz schlagen, das mich beglückt hätte, und das ich beglücken hätte können!?« – –

Aber draußen lagen die kaltblauen schweren Wolken, unter denen er die Landschaft, namentlich den gehauchten blassen Streifen des Ardennerwaldes, den er im Herreiten gesehen hatte, nicht mehr erblicken konnte und neben ihm säuselte das dürre herbstliche Gras.

Mit den Worten:»Verzeihe dir Gott, du armer, verblendeter Greis, daß du in deiner Leidenschaft zwei Menschen unglücklich gemacht hast, wie ich dir verzeihe, sie erfahre nie, was du eingeleitet hast,« setzte er seinem Pferde die Sporen ein, und ritt langsam den sanften Hang hinunter. In dem nächsten Augenblicke darauf konnte man die hallenden Hufschläge vernehmen, wie er auf der festen Straße der Haide davon ritt, und in die ihn umgebende Nacht hinein jagte.

Er kam spät zu Hause an, legte sich aber nicht nieder, sondern schrieb bis zu dem Morgen an einem Briefe an Cöleste. Was er ihr in demselben schrieb, wie sanfte, gute oder starke Worte er in demselben an sie richtete, ist nie bekannt geworden. Als er mit dem Schreiben fertig war, und das Papier gefaltet und gesiegelt hatte, blickte er auf die Buchstaben des Siegels, die in dem zweifelhaften Scheine des Morgens und seiner Kerze düster da standen, und in dem feinen rothen Wachse die Worte bildeten:»#Servandus tantummodo honos#.« Dann löschte er die Kerze aus, da der Tag immer klarer hereinbrach, rief seinen Diener, und sagte ihm, daß er diesen Brief sogleich nach Schloß Pre bringen möchte, dann soll er sich im Zurückreiten sputen, damit er einpacken könne. Denn er selber wolle sich indessen bemühen, daß sie die Erlaubniß bekämen, ihrer Heeresabtheilung vorausreisen zu dürfen.

Der Diener brachte den Brief nach Schloß Pre, kam zurück, packte ein, da Hugo die angesuchte Erlaubniß erhalten hatte, und in einer Stunde darauf reiseten sie ab.

Zwei Tage nachher folgte ihnen ihre Heeresabtheilung, und da diese fort war, wurde es wieder so einsam und öde um Schloß Pre, wie es zuvor gewesen war.

Aber auch einsam und öde war es in dem alten Hause, das auf der Gebirgshalde stand.

Hugo war aus dem Kriegsdienste getreten, da in der ganzen Welt der ersehnte Friede heran gekommen war, er hatte sich auf sein Besitzthum begeben, und verwaltete es nun. Er blieb, wie ein Jahr nach dem andern verging, auf demselben allein, und vermählte sich nicht. Er versammelte seine Knechte und Leute um sich, gab ihnen Befehle, verbesserte sein Anwesen, und that den Leuten, die in der Gegend wohnten, Gutes. – Später rang er mit Gewissensbissen, und da er alt geworden, da sich die Härte des Krieges verloren hatte, und da er weichherzig geworden war, hat er oft bitterlich geweint, und gesagt:»Wie *sie* ist doch keine – wie *sie* ist doch keine.«

Einmal, da seine Haare schon so weiß waren, wie einstens die seines Vaters, ging er durch die Gerölle gegen den Morigletscher hinan, den er sonst in der Jugend gerne besucht hatte und warf das alte Siegel in eine unzugängliche Schlucht. Als er todt war, kam das Erbe kraft seines Testamentes in den Besitz fremder Menschen, die außer Deutschland wohnten. Es erschien, um den Besitz der Liegenschaften auf sich schreiben zu lassen, eine äußerst schöne, junge, blonde Frau auf der Gebirgshalde. Man hatte ihr Hugos Grab zeigen müssen, und sie war lange mit vielen Thränen vor demselben gestanden. Später kam sie noch zweimal in zwei verschiedenen Sommern mit ihrem Gemahle und zwei Kindern, und wohnte einige Wochen auf der Halde. Nachher aber erschien sie nie mehr, das Haus kam unter die Hände von Miethlingen und begann zu verfallen.

Das Frühglöcklein tönt noch, wie sonst, der Bach rauscht, wie sonst – aber auf dem alten Hause ist es heut zu Tage ein trauriger betrübter Anblick unter den Trümmern der verkommenden Reste.

Nur die Berge stehen noch in alter Pracht und Herrlichkeit – ihre Häupter werden glänzen, wenn wir und andere Geschlechter dahin sind, so wie sie geglänzt haben, als der Römer durch ihre Thale ging und dann der Allemanne, dann der Hunne, und dann andere und wieder andere. – – Wie viele werden noch nach uns kommen, denen sie Freude und sanfte Trauer in das betrachtende Herz senken, bis auch sie dahin sind, und vielleicht auch die schöne freundliche Erde, die uns doch jetzt so fest gegründet, und für Ewigkeiten gebaut scheint.

Über tredition

Eigenes Buch veröffentlichen

tredition wurde 2006 in Hamburg gegründet und hat seither mehrere tausend Buchtitel veröffentlicht. Autoren veröffentlichen in wenigen leichten Schritten gedruckte Bücher, e-Books und audio-Books. tredition hat das Ziel, die beste und fairste Veröffentlichungsmöglichkeit für Autoren zu bieten.

tredition wurde mit der Erkenntnis gegründet, dass nur etwa jedes 200. bei Verlagen eingereichte Manuskript veröffentlicht wird. Dabei hat jedes Buch seinen Markt, also seine Leser. tredition sorgt dafür, dass für jedes Buch die Leserschaft auch erreicht wird.

Im einzigartigen Literatur-Netzwerk von tredition bieten zahlreiche Literatur-Partner (das sind Lektoren, Übersetzer, Hörbuchsprecher und Illustratoren) ihre Dienstleistung an, um Manuskripte zu verbessern oder die Vielfalt zu erhöhen. Autoren vereinbaren direkt mit den Literatur-Partnern die Konditionen ihrer Zusammenarbeit und partizipieren gemeinsam am Erfolg des Buches.

Das gesamte Verlagsprogramm von tredition ist bei allen stationären Buchhandlungen und Online-Buchhändlern wie z. B. Amazon erhältlich. e-Books stehen bei den führenden Online-Portalen (z. B. iBookstore von Apple oder Kindle von Amazon) zum Verkauf.

Einfach leicht ein Buch veröffentlichen: **www.tredition.de**

Eigene Buchreihe oder eigenen Verlag gründen

Seit 2009 bietet tredition sein Verlagskonzept auch als sogenanntes "White-Label" an. Das bedeutet, dass andere Unternehmen, Institutionen und Personen risikofrei und unkompliziert selbst zum Herausgeber von Büchern und Buchreihen unter eigener Marke werden können. tredition übernimmt dabei das komplette Herstellungs- und Distributionsrisiko.

Zahlreiche Zeitschriften-, Zeitungs- und Buchverlage, Universitäten, Forschungseinrichtungen u.v.m. nutzen diese Dienstleistung von tredition, um unter eigener Marke ohne Risiko Bücher zu verlegen.

Alle Informationen im Internet: **www.tredition.de/fuer-verlage**

tredition wurde mit mehreren Innovationspreisen ausgezeichnet, u. a. mit dem Webfuture Award und dem Innovationspreis der Buch Digitale.

tredition ist Mitglied im Börsenverein des Deutschen Buchhandels.

Dieses Werk elektronisch lesen

Dieses Werk ist Teil der Gutenberg-DE Edition DVD. Diese enthält das komplette Archiv des Projekt Gutenberg-DE. Die DVD ist im Internet erhältlich auf **http://gutenbergshop.abc.de**

MIX

Papier | Fördert
gute Waldnutzung

FSC® C083411

Zeitfracht Medien GmbH
Ferdinand-Jühlke-Straße 7
99095 Erfurt, Deutschland
produktsicherheit@kolibri360.de